宫 泽 贤 治 童 话 集

座敷童子的故事

[日] 宫泽贤治 著 宋刚 译

中信出版集团·北京

图书在版编目（CIP）数据

座敷童子的故事 /（日）宫泽贤治著；宋刚译 . --
北京：中信出版社，2018.1（2018.6重印）
（宫泽贤治童话集）
ISBN 978-7-5086-8112-2

Ⅰ．①座… Ⅱ．①宫…②宋… Ⅲ．①童话—作品集
—日本—现代 Ⅳ．① I313.88

中国版本图书馆 CIP 数据核字 (2017) 第 211922 号

座敷童子的故事

著　　者：[日] 宫泽贤治
译　　者：宋　刚
出版发行：中信出版集团股份有限公司
　　　　　（北京市朝阳区惠新东街甲 4 号富盛大厦 2 座　邮编　100029）
承 印 者：北京盛通印刷股份有限公司

开　　本：787mm×1092mm　1/32　　印　张：6.25　　字　数：100 千字
版　　次：2018 年 1 月第 1 版　　　　印　次：2018 年 6 月第 2 次印刷
广告经营许可证：京朝工商广字第 8087 号
书　　号：ISBN 978-7-5086-8112-2
定　　价：29.80 元

版权所有·侵权必究
如有印刷、装订问题，本公司负责调换。
服务热线：400-600-8099
投稿邮箱：author@citicpub.com

目录

序言　宫泽贤治的风、花、雪、月、心 / 宋刚　　Ⅰ

座敷童子的故事　　002

银河铁道之夜　　008

白头翁　　116

狼之森林、篓筐森林和小偷森林　　128

虔十森林公园　　144

青蛙的橡胶靴　　158

鸟房子老师和老鼠阿福　　182

序言

宫泽贤治的风、花、雪、月、心

日本近代文学中，自然主义是难以避开的风景。但这风景之中，大多是人类的阴暗、堕落和欲望。宫泽贤治与自然主义毫无瓜葛，他的作品中，远山、森林、月光、草原、云峰……个中蕴含的意境远比风景更深邃，富含的哲理冥思远比意境更深刻，仿佛整个宇宙都包容在内。他的作品，称得上与"自然"进行了最完美的融合。

在日本儿童文学中，杂志《赤鸟》是最高的那座山峰。但这山峰之巅，大多是人气作家和他们宣扬的劝善惩恶。宫泽贤治曾经被《赤鸟》的主编轻视过；五日元，是宫泽贤治毕生获得的全部稿酬。但我觉得，只有宫泽贤治，才是真正在用赤子之心浇铸梦想的作家，他燃烧自己进行着文学创作，把人生理想和价值观寄寓作品中。

生活充满了机缘巧合，让我有幸担任"宫泽贤治童话集"的译者，再次走进这位文学大师的童话世界，感受他不流于世俗的风、花、雪、月、心。

宫泽贤治笔下的风，是《风又三郎》中的风。乍一看，是与主流格格不入的奇异旋风；两三页之后，又化作了拨动心弦的剪刀春风；十页之后，大风起兮云飞扬，北风其凉，雨雪其滂。读罢置于案头，却能留下润物薰风，绕指余香。通读宫泽贤治，虽会有三秋叶已落的伤感，却能得到二月花将开的希望。

宫泽贤治笔下的花，是《白头翁》中的花。看到她，就好像看到了初春那第一缕和煦的暖阳。花儿的头上，永远是银色镜子一样的白云。花儿的背景，无论何时都是白雪皑皑的山岗。花儿的灵魂，就在小岩井农场，就在七座平缓的山丘，就在岩手县的花卷——那里是宫泽贤治心中，唯一圣洁的"天堂乡"。

宫泽贤治笔下的雪，是《水仙月四日》中的雪。那个世界的雪狼，可以踏进朦朦胧胧的雪云，于四海翱翔；那里的雪婆婆，可以让太阳公公脸色煞白，让大海掀起滔天巨浪；那里的雪童子，可以用雪花，偷偷做成保住孩子性命的厚衣裳。

宫泽贤治笔下的月，永远挂在黑缎一样的夜空，散发着皎洁的白光；宫泽贤治的星，永远像青玉、钻石、露珠……聚集了世间所有的美好。宫泽贤治的世界里，那纯白蓬松柔软的云峰，永远有穿着橡胶鞋的青蛙在忘情欣赏；宫泽贤治笔下的森林，永远有墨绿杉树的秀美，有夏日的阴凉，还有月光色的草坪和怡人的清香。

宫泽贤治笔下的心，是《要求太多的餐馆》中好奇的心，是《座敷童子的故事》中游戏的心，是《山男的四月》中纯朴的心，是《银河铁道之夜》中透明的心，是《贝之火》中同情的心，是《奥茨贝尔与大象》中友爱的心，是《银杏果》中与母亲依依惜别时的游子之心。

感谢宫泽贤治，让我们得以有机会回归自然母体，感受她的恩赐和爱。让我们再一次发现日出是如此可爱，月光是如此动人……让我们再次忆起故乡的风，山侧的花，纯白的雪，无忧的月，最初的心……

孩子们的心，是一片纯净的土壤，若是种下叫作宫泽贤治的种子，终有一日，这些种子会萌芽，继而茁壮成长、开花结果。将来的他们，会和现在的我们，或多或少有些不一样。

那将会是一个净琉璃般的世界，一个我们再次与宫泽贤治相遇的世界……

宋　刚

2017年秋于北京

风一吹来，
芒草的穗儿们，
就变成了成千上万只小手，
举得高高的，
飞快地挥舞着。

它们一边还在招呼着:

"哗……在西边……

哗……在东边……

哗……在西边……

哗……在南边……

哗……在西边……

哗……"

座敷童子的故事

讲一讲我们这一带座敷童子[1]的故事吧。

一个大晴天,大伙儿都上山干农活去了,留下两个孩子在院子里玩耍。大大的宅子里,一个人也没有,一切都是静悄悄的。

就在这时候,不知从哪个房间里,传来了"唰唰……唰唰"的扫地声。

两个孩子的肩膀紧紧贴在一起,蹑手蹑脚地走进了宅子。可是,每个房间里都是空荡荡的,没有一个人。装武士刀的箱子,默不作声地待在原地。围墙边的柏树,终于泛出了新芽——哪里都没有一个人影。

又传来了"唰唰……唰唰"的扫地声。

是远方的伯劳鸟[2]在啼叫,是

---

1. 座敷童子,五六岁的红脸小孩子。传说会待在历史较悠久的人家的里屋,只要有座敷童子在,家族就会繁盛,座敷童子一离开,那户人家就会落得家道中落的下场。——译者注
2. 伯劳鸟,伯劳科小型雀鸟,翅长9厘米左右。头为栗色,通体一般是暗淡的灰色。——译者注

北上川湍急的流水声,还是有人在簸豆子?两个孩子猜来猜去,可是屏住呼吸竖起耳朵再听听那声音,又觉得好像哪一样都猜得不对。

的的确确是有"唰唰……唰唰"的扫地声,绝对没有听错。

他俩更加小心翼翼地在宅子四处转了一圈,每个房间里,依旧是空无一人,只有明亮的阳光,倾泻了进来,照亮了地面。

这,便是座敷童子显灵了。

* * *

"转大道,转大道!"

这天,这家人招待了十个孩子来家里玩耍。十个孩子一边大声唱着歌谣,一边互相牵着小手,围成一个圆,在宅子里转着大圈。

转啊转,转啊转,孩子们愉快地玩耍着。

转着转着,不知什么时候,十个孩子变成了十一个。

没有一张脸是不认识的,也没有一张脸跟其他孩子是一样的,可无论怎么数,都是十一个。一个大人跑来说:"多出来的那一个,就是座敷童子咯。"

可谁是多出来的那一个呢？孩子们显得有些不知所措，只是瞪着大眼睛，规规矩矩地坐着。他们都想告诉大家，自己绝对不是座敷童子。

这，也是座敷童子显灵了。

* * *

还发生过这样一件事。

有一个家族的本家是大户人家，每年农历八月的月初，都会叫亲戚家的孩子过来，所有人一起祭拜如来佛祖。那一年，有个孩子得了麻疹，就没能一起参加。

这孩子每天躺在病床上，嘴里不停嘟囔："我也想去祭拜如来佛祖，我也想去祭拜如来佛祖。"

一天，本家的老奶奶去看望

生病的孩子,她抚摸着孩子的头,说:"等你病好了,我们再办祭拜仪式,你就快快好起来吧。"

到了九月,孩子的病好了。

于是,大家都被邀请到了本家的宅子里。可是,其他的孩子一点儿也不开心,祭拜仪式被推迟了这么久,就连铅制的兔子玩偶也被本家奶奶探病时送给了生病的孩子,没有他们的份儿。

"都怪那个小子。"孩子们背地里说好,他来了,谁也不要跟他一起玩。

"喂喂,他来了!他来了!"正当大家在屋子里玩的时候,一个孩子突然喊道。"好,我们躲起来!"说着,孩子们就都跑到了旁边的一座小房子里。

你猜怎么着?本应该刚刚才到大门口的小病号,竟然端端正正地坐在那个屋子的正中间。他瘦骨嶙峋,脸色苍白,哭丧着一张脸,手里还抱着一个崭新的小熊玩具。

"是座敷童子!"一个孩子大喊着跑了出去。大家也都哇哇大叫着逃开了。座敷童子哭了起来。

这,还是座敷童子显灵了。

* * *

还有一天,北上川朗明寺池潭的船夫,跟我讲了这样一件事:

"农历八月十七日晚上,俺喝了酒早早就睡了。迷迷糊糊中,就听见对岸有人在喊'喂——喂——'。俺就起身走出草房,那时候,月亮正挂在头顶上。俺急忙划船到了对岸,就看到一个小家伙,长得还挺清秀,穿着带有家徽的和服,腰间佩着把长刀,套了一条和服裤裙，脚踩一双白色带子的草鞋，正一个人站在岸上。俺问他要不要渡河，他说要，然后就上了俺的船。估摸着划到了一半，俺装作没事儿人似的偷偷瞄了他几眼。这小家伙手放在膝盖上，正仰起脑袋看着天，乖乖地坐在那里。

"俺问他从哪里来，要到哪里去，这小家伙嗓音可好听了，他回答我说，在笹田家待了很长一阵子，待腻了，想换个地方。俺问他为啥待腻了，他没说话，笑了笑。俺又问他想去哪里，他说要去更木的斋藤家。到了岸上，那小家伙突然就不见了。俺坐在草房门口，心想，刚才是不是在做梦啊。但后来一想，应该是真的。从那以后啊，笹田家过得可惨了。你再看看那更木的斋藤家，主人大病痊愈，儿子也顺利从大学毕业，已经混成个人物啦。"

这，就是座敷童子显灵了。

一、午后的课堂

"同学们一定都听说过,这条若隐若现白茫茫的东西,有各种各样的称呼。有的人称它是天上的河流,还有的人呢,说它是牛奶流过的痕迹。那么,大家知道它真正的名字是什么吗?"

黑板上,挂着一幅巨大的黑色星图。老师正指着上面一条银白色的烟一样的带子,向同学们提问。带子从上向下延伸,就像是天上的一条大河一样。

康帕内拉举手要回答,紧跟着,其他四五个学生也举起了手。乔凡尼本来也想举手的,可是突然又决定放弃了。那个烟雾一样的东西,应该就是由很多很多的星星组成的。忘了是什么时候,乔凡尼的的确确是在杂志上看到过的。不过，最近这一阵子，乔凡尼坐在教室里的时候，每天都有点犯困。既没有读书的工夫，又没有想读读看的书，感觉不管遇到什么事情，都变得有点糊里糊涂的。

老师的眼睛可不一般，一下子就看出了乔凡尼的小心思。

"乔凡尼同学，你应该是知道的吧？"

乔凡尼听到老师叫他，噌地就站起来了，可是刚一站直，竟然就忘得一干二净，什么也答不上来了。坐在前面一排的扎内利回过头来，瞥了一眼乔凡尼，扑哧一声笑了出来。乔凡尼的脑子里已经是一片空白了，小脸蛋也羞得通红。

老师给了个小提示："用特别特别大的望远镜，仔仔细细地观察这条天上的河流时，我们能看到什么呢？"

乔凡尼心里很清楚，那些就是无数颗星星，可是，一到要张嘴，却怎么都回答不出来了。

老师显得有些为难，又等了等，接着目光投向了康帕内拉，点名让他来回答："那……康帕内拉同学，你知道吗？"没想到，刚刚还第一个举手的康帕内拉，慢吞吞地站起来以后，竟然也支支吾吾地答不上来。

老师显得非常意外，盯着康帕内拉的脸看了一会儿，迅速

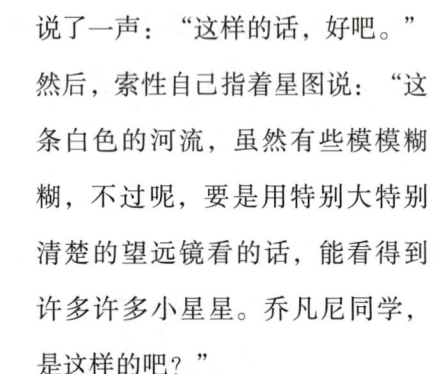

说了一声："这样的话，好吧。"然后，索性自己指着星图说："这条白色的河流，虽然有些模模糊糊，不过呢，要是用特别大特别清楚的望远镜看的话，能看得到许多许多小星星。乔凡尼同学，是这样的吧？"

乔凡尼的脸颊还是红通通的，他点了点头。不过呢，他的眼眶里，不知不觉间已经噙满了泪水。

是的，这个答案我知道……不用说，康帕内拉也一定是知道的。那还是有一次，自己和康帕内拉一起，在康帕内拉父亲的一本杂志上读到过。康帕内拉的父亲，可是个博士呢。而且，读了杂志以后，康帕内拉还从他父亲的书房里，搬出了一本厚厚的大书，打开了写着"银河"的那一页。

那页有两张美丽的照片,底色都是黑色的,上面洒落着无数的白色光点。两个人一下子就入了迷,不知一起盯着看了有多久。

这件事,乔凡尼怎么会忘记呢?可是,明明知道,又怎么没能一下子答出来呢?都是因为自己最近太疲惫了……每天一大早,还有下午放学后,都要去打工。到了学校里面,自己也不能和大家尽情玩耍,连和康帕内拉聊天的时间,都一点儿也没有了。这些事情,康帕内拉也都清楚得很,所以怕自己难为情,才故意没答上来的。

想到这里,乔凡尼心里更难受了,他觉得自己和康帕内拉,都是特别不幸的孩子。

老师又说话了:

"所以呢,如果我们把银河看成天上的河流,那这一颗一颗的小星星呢,就是河床里一粒一粒的沙砾或者石子。我们还可以把它看作是大片流淌的牛奶,这么想象的话,银河就更像是银色的河流了。也就是说,这些小星星,就像是牛奶里那些漂浮着的小小泡沫。这样的话,那什么是这条河流里的水呢——是真空。光,可以在真空中飞快地奔跑。太阳和地球,也是漂浮在真空中的。所以说呢,我们每一个人,其实都是生活在银河这条河流里的。还有,我们从银河里,向四面八方看去的话,不都是蓝色的吗？银河就像真的河水一样，越深的地方，看起来就越蓝。而银河的河水里越深的地方，离我们越远的地方，那里的星星看起来就越多、越密。所以，就显得模模糊糊的，连成一片白色了。同学们，我们看看这个模型。"

老师指了指眼前的模型。模型是椭圆形的，两面是大大的圆形凸面镜，里面装着闪闪发光的沙粒。

"银河的形状，就像这个模型一样。这些个发光的小沙粒呢，就和我们的太阳一样，都是自己会发光的星球。我们的太阳呢，就在靠近中间的位置，而地球呢，就在太阳的身旁。同学们，请大家开动脑筋想一想：假如现在是夜晚，我们都在这里面的正中央，

银河铁道之夜

1. 王瓜：葫芦科多年生草质藤本植物，果实卵圆形，成熟时橙红色平滑。——译者注

从凸面镜的背面向四周望的话,这两头,镜面尖尖的,里面的沙粒很少,所以呢,我们只能看到几颗星星在发光。可是这面和这面呢,玻璃鼓鼓的,发光的沙粒就很多,意味着星星呢,就非常非常地多。离中间远的,就不清楚了,看起来还有些发白——这就是我们人类今天认识的银河。那么,这个模型代表的银河到底有多大呢?还有,里面都有哪些星星呢?已经要下课了,下一节自然课上,我们再接着说。好啦,今天是银河节,同学们都出去好好观察观察夜空吧!好,课就上到这里,大家收拾好教科书和笔记本吧。"

接着,教室里就响起了一阵打开、合上课桌木盖子的声音,还有把书摞在一起的声音。不过,大家很快就都整整齐齐地站起来,向老师恭恭敬敬地鞠了一躬,之后便三三两两地离开了教室。

二、活字印刷所

乔凡尼走出校门的时候,班里还有七八个人没有直接回家,而是在校园一角的樱花树下,围坐在康帕内拉身旁商量着什么。好像为了迎接当晚的银河节,他们要去摘一些王瓜[1],做成发着蓝光的小灯笼，点缀在河面上。

只有乔凡尼，一边向大家挥着胳膊，一边咚咚咚地跑出了校门。镇子上的家家户户，都在红红火火地准备迎接晚上的银河节，有的人家挂上了水松叶做成的小圆球，还有的人家在扁柏上装饰了小灯笼。

乔凡尼没有回家，他在镇子里跑啊跑，拐了三个弯以后，跑进了一座巨大的活字印刷所。进门的地方有一个柜台，一个身着特别肥大的白衬衫的人，正坐在柜台后面。乔凡尼向这个人行了个礼，之后就脱掉鞋子，走上了地板。走廊的尽头有一扇门，乔凡尼推开门，走了进去。尽管还是白天，屋子里却点着灯，已经灯火通明了。里面摆着很多台轮转印刷机,都在唰唰地飞快旋转着。还有很多很多的工人,有的头上裹着毛巾,有的正往灯火上套灯罩。工人们嘴里也没有闲着,有的像唱歌一样念叨着什么,还有的在数着数。

房间的门口摆着几张高高的桌子,乔凡尼走到第三张桌子的跟前,向坐在后面的人鞠了一躬。那个人在架子上翻来翻去,翻出了一张纸片,递给乔凡尼说:"就拣这些吧,多不多?"乔凡尼从桌子腿的旁边,拿起一个扁平的小托盘,走到了明亮的操作间深处。他来到一面摞着高高的铅字墙前,在墙角旁蹲了下去。随后,他用一个小夹子,开始从壁架上夹出活字。活字只有谷粒一样大小,但乔凡尼还是一个接一个,不停地夹着。

一个身前围着蓝色围裙的男人,经过乔凡尼身后的时候,扔下一句:"哟,眼神儿棒棒君,来得挺早啊。"旁边的四五个人听了,瞧也不瞧乔凡尼一眼,只是冷冷地哼哼了两声。

乔凡尼一边不停地揉着眼睛,一边一点儿一点儿认真地挑拣活字。

时钟敲了六下。没过多久,乔凡尼就拣了满满一托盘铅字。他拿着拼得满满的字盘,和纸片又对了一遍,之后来到了刚才的桌子旁,交给了桌子后面的人。那个人一声也不吭,接过了纸片和字盘,微微点了一下头。

银河铁道之夜

乔凡尼又鞠了一躬,打开门,出了房间,来到了门口的柜台前。那个穿着白衬衫的人,也是一句话都不说,扔给乔凡尼一枚小小的银币。乔凡尼接到银币,脸上一下子就露出了笑容,深深地行了礼以后,拎起放在柜台下面的书包,就跑到了街上。接着,他高高兴兴地吹着口哨,来到面包店,买了一块面包和一袋子方糖。拿起面包和糖以后,就一溜烟似的跑了起来。

三、家

乔凡尼像飞一样,跑到了小巷里的一个小房子跟前。小房子并排有三个小门,最左侧的小门旁有一个空箱子,里面种着紫色的羽衣甘蓝,还有绿绿的小芦笋。两个小小的窗子上,都盖着严严实实的遮阳布。

"妈妈,我回来了,今天您身体没有不舒服吧?"乔凡尼一边脱鞋,一边问候母亲。

"啊,我的乔凡尼回来了,工作辛苦不辛苦?今天天气很凉爽,妈妈一直觉得很舒服。"

乔凡尼走过玄关,进了最近的房间,母亲正躺在床上,身上盖了一块白色的毛巾被。乔凡尼进去以后,打开了窗子。

"妈妈,今天我买了方糖回来呢,我想着,放到牛奶里给您喝。"

"真的啊,还是你先喝吧,妈妈现在还不太想喝呢。"

"妈妈,姐姐什么时候回去的?"

"嗯,三点多的时候回去的吧。你们呀,对妈妈都这么好。"

"妈妈的牛奶还没送来吧?"

"应该是还没到呢。"

"那我去取回来吧。"

"哎呀,妈妈还想再躺一会儿。你先吃点东西吧,你姐姐呀,回去之前洗了点西红柿,就放在那儿了。"

"那我就先吃了。"

乔凡尼从窗子前面拿来了装着西红柿的盘子,就着面包,大口大口地吃了起来。

"妈妈,我总觉得,爸爸很快就会回家呢。"

"是啊,妈妈也那么觉得。你怎么也会这么想呢?"

"那当然,今天早上的报纸不是写了吗?今年北方的渔船都是大丰收呢。"

"这么回事呀,可是呢,或

许你爸爸没有出海打鱼呢。"

"肯定出海了啦。这么长时间，爸爸又不会做什么坏事，肯定不会被抓到监狱里了。以前爸爸带回来的那个巨大的蟹壳，还有驯鹿角什么的，赠送给学校以后，到现在还保存在标本室里呢。六年级同学上课的时候，老师还经常把这两样轮流着带到教室里去呢。前年，出去修学旅行的时候……"

"你爸爸还说过，下次回家的时候，要给你带回来海獭皮做的大衣呢。"

"同学们一看到我，就提这件事。我觉得，他们可能在拿我开玩笑。"

"他们说你的坏话了？"

"嗯……不过呀，康帕内拉是从来不说的。如果别人说一些我不爱听的话时，他总是会很同情我。"

"他的爸爸和你的爸爸，像你们俩这么小的时候就是很要好的朋友呢。"

"原来是这么回事，所以爸爸总带着我一起去康帕内拉家里做客啊。那时候多好啊，我一放学，就先到康帕内拉家去玩。记得康帕内拉的家里有一列小火车，一点着上面的酒精灯，小火车就能飞快地跑起来。铁轨有七段，连在一起就能拼成一个圆形。上面还带着电线杆和信号灯呢，小火车一跑过信号灯，信号灯就会变成绿色呢。后来，酒精烧没了，就装进了煤油，结果，玻璃瓶都被熏黑了！"

"呵呵，还有这回事？"

"现在每天也都去他家，可是只能早上去送报了。每次去的时候，家里都是安安静静的。"

"是你去得太早了吧。"

"他家养了一条狗，叫索尔。那条大尾巴简直像扫帚一样。我每次去的时候，它都会用鼻子冲我哼哼两声，还跟着我跑出来，一直跟到街角才肯回去。有时候呢，还跟着我走得更远呢。今天晚上，同学们都摘了王瓜，做成小灯笼。他们要放到河水里，让小灯笼漂到远方呢。索尔应该也会跟着康帕内拉过去的。"

"对了,今天晚上是银河节吧。"

"对的,我去瞧瞧,顺便把牛奶取回来。"

"嗯嗯,去玩玩吧,可别到河里去啊。"

"您放心吧,我就站在岸边瞧着,一个小时后就回来了。"

"再多玩一会儿吧,和康帕内拉在一起,妈妈也放心。"

"肯定会和他一起的,妈妈,我把窗子先关上吧。"

"好的,关上吧,天已经有点凉了。"

乔凡尼站起身,关好了窗子。他收拾好盘子和装面包的口袋,就开开心心地穿好鞋,跟母亲说了一声:"那我玩一个半小时就回来。"之后,就跑出了黑乎乎的门口。

四、人马座的节日之夜

乔凡尼噘着小嘴,嘴唇的形状像是在吹口哨一样。他一个人孤零零的,从镇子的坡道往下走。坡道的两旁,是两排又黑又密的扁柏。

坡道的尽头,有一盏大大的路灯竖在那里,发出冷冷的白光,一直照到了远处。乔凡尼向着那盏街灯,往坡下走着。地上的影子，刚才还像是怪物一样，长长的，模模糊糊的，跟在乔凡尼的身后。乔凡尼越往下走，影子就变得越清晰，越接近于纯黑。影子也迈着步子，摆着胳膊，渐渐从乔凡尼的身后，绕到了他的身旁。

"我是威风的火车头，这里正好是下坡，所以得快快奔跑咯。我就要行驶过那盏路灯咯！对啦，接下来，影子就要变成指南针了！像针尖一样，那么一转，就能指着正前方。"

乔凡尼自己和自己聊着天，大踏步经过了那盏路灯下面的街道。就在这时候，白天回头笑乔凡尼的扎内利，从路灯对面漆黑的小巷子里跑了出来，从乔凡尼的身边一晃就过去了。扎内利穿了一件崭新的衬衫,领子尖尖的。

"扎内利,是往河边去放王瓜做的灯笼吗……"

没等乔凡尼问完,扎内利那孩子就在身后扯着嗓子扔下一句:"乔凡尼,你爸给你的海獭皮袄,快送到了——"

乔凡尼觉得,本来自己高高兴兴的心情,一下子被浇了一盆冷水,整个胸膛好像都开始震荡起冰冷的回声。

"你说什么?扎内利!"乔凡尼也大声喊了回去,可是呢,扎内利已经跑进远处一座装饰着扁柏叶子的房子里去了。

"我又没有做什么错事,扎内利为什么会那么说呢?自己跑起来,还不是像只愚蠢的老鼠一样。我又没做什么对不起他的事,他为什么要这样说我呢?一定是因为他太傻了。"

乔凡尼心情有些烦躁,思考了很多很多。他一边思考着,一边走过被精心装点过的街道。挂在树枝上的各式各样的灯笼,把整条街打扮得漂亮极了。钟表店的橱窗前,亮着明晃晃的霓虹灯。每隔一秒钟，橱窗里石制猫头鹰的红色眼珠就会滴溜溜地转动。一个海蓝色的厚玻璃圆盘上，点缀着五光十色的宝石，像是银河中的无数星星一样。圆盘在缓缓转动着，青铜的半人马座，朝着乔凡尼一点一点转了过来。圆盘的中央，刻画着黑色的星座一览，周围还装饰着翠绿的小莴笋叶子。

乔凡尼抛开了一切烦恼，呆呆地盯着这个旋转星图，进入了忘我的境界。

橱窗里的旋转星图，比白天在学校看到的那幅星图，要小得多。不过，旋转星图可以转动，只要把时刻调整到某一天，椭圆形的圆框里就会出现那一天的星空。在旋转星图的正中央，从上到下，还是挂着如梦如尘的银河，像缥缈的丝带一样。在银河的最下方,有一小处像是爆炸了一样,白色的水汽向四周飘摇。旋转星图的后面,立着一架小小的三脚望远镜,散发着黄色的幽幽的光亮。在最里面的墙上,挂着一幅巨大的图画,上面画的是整个天上的星座。只不过,这些星座呢,都变成了各种各样不可思议的野兽啊、巨蟒啊,还有鱼形和水瓶的形状了。天空中,真的会有这些蝎子啦、英雄什么的吗?星座们你挨着我,我挨着你,会不会觉得很挤啊?啊——我多想在它们中间漫步,走啊走啊,一直走到宇宙的尽头。乔凡尼畅想着,在橱窗前呆站了好久好久。

忽然,乔凡尼想起了母亲的牛奶。于是,他离开了这家钟表店。他的上衣已经有点儿小了,肩膀勒得有些紧。尽管这样,乔凡尼还是高高地挺起了胸膛,夸张地摆着手臂,骄傲地穿过了镇子。

透明的空气,像是凛冽的甘泉一样,流过了街道与店铺。街灯,都包裹上了谷壳或是橡树的枝条,发出的光变成了苍冷的蓝色。电力公司门前,有六棵悬铃木。树冠上,挂着无数小小的灯泡。那一片天地,简直像是美人鱼的国度。孩子们都穿着漂亮的衣服,衣摆上的褶子,都是新压出来的。他们都吹着口哨,那调子是《巡星之歌》。

"人马座——雨露落！"孩子们欢叫着，奔跑着，手里挥着发出蓝色火花的烟火，开开心心地玩耍着。不知不觉中，乔凡尼又深深埋下了头，从热闹的孩子们中间走过。他的脑海中想着的，可不是这么绚烂的事情。他脚步飞快，一门心思朝牛奶店的方向快步走去。

镇子的郊外，有几棵又高又大的杨树，从远处看，好像已经钻进了星星的怀抱。走着走着，乔凡尼就来到了这几棵杨树旁。乔凡尼走进了牛奶店黑漆漆的门，来到了厨房前。厨房飘散着一股牛的气味儿，厨房里昏昏暗暗的，乔凡尼摘掉帽子，对着里面喊了一声："晚上好。"可是屋子里静悄悄的，好像一个人也没有。

"晚上好,请问有人在吗?"乔凡尼站直身子,又喊了一声。于是,过了一会儿,从里面慢吞吞地挪出来一个上了年纪的女人,她好像身体有些不舒服,有气无力地问道:"你有什么事?"

"那个……今天的牛奶没有送到我家,所以我就来取了。"乔凡尼说得语速极快。

"这个时间了,没有人帮忙,我一个人什么也做不了,明天再说吧。"那个女人眼睛通红,用手不停地揉着下眼皮,低头对乔凡尼说道。

"妈妈生病了,今晚得喝上牛奶,求求您了。"

"好吧,那你过一会儿再来吧。"女人说完,转身就又要进屋去了。

"是嘛,那可太谢谢您了!" 乔凡尼说完,鞠了一个躬,就从厨房走了出来。

在镇子的十字路口,乔凡尼刚要拐过去,就看到对面通往小桥的路旁杂货店前,有六七个学生。黑色的身影,还有雪白的衬衫,交织在了一起。他们吹着口哨,欢笑着,每个人的手上,还都提着一个王瓜做的小灯笼。学生们朝这边走来了,他们的笑声和口哨声,听起来都很熟悉——这几个孩子,是乔凡尼班里的同学。乔凡尼心里一紧,想缩回拐角处的阴影里。可是,他转念想了想,马上就改变了主意,鼓足了勇气,迎着同学们大踏步走了过去。

"你们是要去河边吗?"乔凡尼刚想主动打个招呼,可是呢,这句话却堵在嗓子里,怎么也说不出。

就在这时候,扎内利倒先嚷嚷了起来:"乔凡尼,你爸给你的海獭皮袄,快送到了——"

于是,几个孩子都跟着起哄:"乔凡尼,你爸给你的海獭皮袄,快送到了——"

乔凡尼的小脸涨得通红,两条腿已经有些不会走路了。他加快脚步,想赶紧把同学们甩到身后。这时候,乔凡尼看到,人群中还有康帕内拉的身影。康帕内拉看起来很同情乔凡尼,却一句话也没说,只是嘴角微微向上扬着,他用安慰的眼神望着乔凡尼,好像在说"不要生气"。

乔凡尼赶忙收回了自己的目光,像是害怕看到康帕内拉的眼睛一样。个子高高的康帕内拉,从乔凡尼的身边缓缓走过。没过多一会儿,几个孩子又都一个个吹起了口哨。拐过街角,乔凡尼回头看向他们几个,发现扎内利也在回头朝这边看。一旁的康帕内拉呢,高声吹着口哨,向远处的小桥走去了。小桥立在昏暗中,影影绰绰的。一种说不出来的滋味充斥着乔凡尼的心,他觉得全世界都抛弃了自己,他拔腿就跑了起来。几个小孩子,正在一边用手掌遮着耳朵哇哇叫着,一边单腿蹦着玩耍。他们看到乔凡尼突然就低头跑了起来,觉得特别有趣,哇哇地叫得更响亮了。

乔凡尼跑啊跑,很快,他就跑到了黑乎乎的山丘上。

五、山岗上的气象标

牧场的背后,是一座平平缓缓的山丘。山丘那黑乎乎的山头,就在大熊座的正下方。星空下,山丘显得更低矮,更平缓了,像是与地平线连成了一片。沿着树林间的小径,乔凡尼一刻不停地向上跑着。地上已经生出了露水,草地黑黑的,什么也看不清。乌黑的茂密丛林,显现出了各种各样奇怪的形状。丛林间的这条小径,被星光映射得有些发白,向前方蜿蜒着。草丛中,不时会飞出几只萤火虫,发出蓝色的微光,照得叶子碧翠通透。乔凡尼想起了刚才同学们手里提着的王瓜小灯笼。

树林中,是黑压压的松树和橡树。穿过树林,眼前一下子就开阔了,放眼望去,只有漫天的繁星。银河泛着微光,从南向北,横亘在星空上。山岗上的气象标,也可以看得清清楚楚了。地上开满了小草花,不只有风铃草,还有野菊花。她们开得那么优雅,仿佛在睡梦中都能闻得到阵阵幽香。一只鸟儿,悠扬地鸣啭着,飞过了小小的山岗。

乔凡尼跑到了小山顶的气象标旁,身子已经热得发烫了,他一下子就躺倒在了凉丝丝的草地上。

黑暗中,镇子里闪烁着灯火,那景色就像海底的龙宫一样。孩子们的歌声、口哨声、隐隐约约的欢叫声,只能偶尔传到耳朵里。风儿在远处轻吟,山丘的小草们,都静静地摇曳着。乔凡尼的衬衫,已经被汗水打得湿透了,风一吹,还有一些冰冷。镇子的郊外,是一片深邃平坦的原野,乔凡尼远远望向那里。

这个时候,原野上传来了轰隆隆的火车声。一列小小的火车上,有一排小小的车窗,每一扇都射出微微的橙红色的光。车窗里,旅客们有的在削苹果,有的在欢笑。看到他们热热闹闹的,乔凡尼觉得有些不是滋味,又有些伤感,把眼睛又投向了头顶的星空。

啊——老师说,那条白色的丝带,是无数颗星星组成的啊!

可是，怎么望，都觉得那丝带并不像老师说的那么空旷，那么冰冷。越望，反而越觉得，那上面一定有森林，有牧场，就像生机勃勃的原野一样。乔凡尼的眼睛模糊了，蓝色的天琴座，竟然变成了三个，变成了四个，一闪一闪地眨着眼，亮着光。天琴座一会儿缓缓地拉长，一会儿又恢复原状，最后，就像是一个大蘑菇一样，伸展成又细又长的样子。就连山丘下的小镇子，也变得恍恍惚惚，就像是无数颗星星聚集在了一起，又像是大大的一片青烟，一片薄雾。

六、银河站

乔凡尼赶忙扭过头，看了看

身后的气象标，竟然也朦朦胧胧的，有些看不清了。不知什么时候，气象标已经变成了三角形，还像萤火虫一样，一闪一闪的，时明时暗。渐渐地，气象标变得清晰了，终于不再闪烁，巍然耸立着，铁一样的青空仿佛变成了一片浓密的大草原。气象标一动不动，站得笔直，就耸立在那如同刚刚锻造出来的蓝色钢板一样的天之原野上。

这时候，从某个地方，传来了一阵怪异的声音——"银河站，银河站"。音韵还未完全消失，眼前就唰的一下子，变得灯火通明。这情景，宛如有几万条、几亿条荧光乌贼，把它们发出的光全部冻结，然后洒满了整个天空；抑或是钻石商人们，为了抬高价格，把好多好多的金刚钻都藏了起来，可是不知是谁把它们一口气全部倒了出来，撒了漫山遍野一样。——太亮了，眼前真的太明亮了，乔凡尼不由得不停地揉着眼睛。

等到清醒过来的时候，乔凡尼发现自己已经坐在了一列小火车上。小火车从刚刚开始，就咣当咣当地向前行进着。真的，乔凡尼竟然坐上了一列小火车，就是夜晚经常奔跑在轻型铁轨上的那种。车厢里挂着一排小小的灯泡，散发着黄色的光晕。乔凡尼坐在座位上，透过车窗向外张望。车厢里面，天鹅绒面料的座位上空荡荡的。对面的厢壁上，涂的是青灰色的清漆。

上面有两个大大的按钮，都是黄铜做的，发着乌亮的光泽。

乔凡尼看到眼前的座位上，坐着一个高高的男孩，穿着乌黑的上衣，全身就像是湿透了一样。那男孩把头伸出了窗外，远眺着什么。乔凡尼望着那孩子的肩头，总觉得像是在哪儿见过一样。虽说有这种感觉，但乔凡尼怎么也想不起来他是谁。最后乔凡尼忍不住想把脑袋伸出车窗外，去看一看究竟。就在这时候，那孩子一下子把脑袋缩了回来，看向了这边。

原来，他竟然是康帕内拉。

乔凡尼刚想开口问："喂，康帕内拉，你是一直在这列车里吗？"

康帕内拉却先开口了："其他人呀，都跑得太快了，我落在后面了。扎内利呢,也一直在跑,我都没有追上他。"

乔凡尼心里揣摩着,对呀,我们是约好一起出来玩的,于是,他问:"要不咱们等等他们?"

没想到,康帕内拉回答说:"扎内利已经回家啦,他爸爸来接他了。"

说不出什么缘故,康帕内拉在说这话的时候,脸色显得很不好,煞白煞白的,表情中还隐隐有些痛苦。突然间,乔凡尼也仿佛丢了什么重要的东西似的,心里生起一股奇怪的失落感,便也不再说话了。

不过,康帕内拉看着窗外,好像一下子又来了精神,兴高采烈地说道:

"完了完了!我忘记带水壶了……还有素描本也忘带了!算了算了,没什么大不了。因为就要到天鹅座车站了!我一看到天鹅,就爱得不得了!就算它们在遥远的河面上飞翔,我也一定能看得清清楚楚!"

接着,康帕内拉拿起了一块圆盘,上面是一幅地图。他不停地转着圆盘,看得津津有味。那上面画着一条铁路,沿着银白色的银河左岸,一路向南方延伸着延伸着……地图最妙的地方是,底色是全黑的,就像是黑夜一样,而上面星星点点散落着很多很多的光点，有蓝色的、橙色的还有绿色的，那一个一个的小点点，都是一处一处的车站、三角标志、泉水，还有森林。

乔凡尼总觉得，好像在什么地方看到过这个圆盘。

"这是在哪儿买到的呀？是黑曜石打磨出来的吧？"乔凡尼问了起来。

"是在银河站领到的呀，你没去要吗？"

"呃……我没到过银河站哪……难道我们现在是在这个地方吗？"

乔凡尼指了指靠近天鹅座车站标志北面的地方。

"对呀，哎！那边的河滩上是月光吗？"

往窗外一看，银河闪着冷冷

的白光,岸边是遍野的天空芒草。芒草们也放出银色的光芒,随着柔风摇曳着,唰啦啦……唰啦啦……涌动起一波一波的芒草波浪。

"不是月光,银河自己会发光的!"

乔凡尼说着说着,心情已经变得越发愉悦了。他兴奋得仿佛要跳起来了,脚丫咚咚咚地敲着地板。乔凡尼把头伸出了车窗,大声地吹着《巡星之歌》的口哨。他用力伸着脖子,想要把银河的河水看得清清楚楚。可是呢,不知为什么,一开始真的没有看清楚。不过,接下来仔仔细细一看,原来,银河里的水比玻璃和氢气还要清澈。不知道是不是眼睛花了,银河里时不时还会漾起紫色的涟漪,或者是唰地亮起彩虹一样的七色光亮。

银河的水无声无息,银河的水奔涌流淌。

河边的原野上,远远近近的,都竖着三角形的标志,一个个都散发着磷光,一个个都是那么美好。远处的标志小小的,

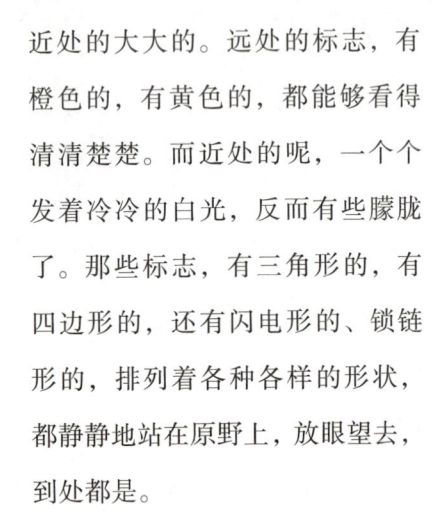

近处的大大的。远处的标志,有橙色的,有黄色的,都能够看得清清楚楚。而近处的呢,一个个发着冷冷的白光,反而有些朦胧了。那些标志,有三角形的,有四边形的,还有闪电形的、锁链形的,排列着各种各样的形状,都静静地站在原野上,放眼望去,到处都是。

乔凡尼的小心脏扑通扑通直跳,他太兴奋了,拼命摇晃着脑袋。结果,原野上那些蓝色的、橙色的,还有那些形形色色的三角标志,看起来都像是有了生命一样,一个个都闪烁着,摇曳着,颤抖着。

"我真的……真的跑到天上的原野来了!"乔凡尼叫出了声。

"而且呀,这列火车还没有烧煤呢。" 他把手伸出窗外,对着车头的方向说道。

"该是酒精或者电动的吧。" 康帕内拉也表示认同。

咣当咣当……咣当咣当……这列小小的洁净的火车,在天空芒草的随风飘摇中,在银河碧水与无数三角形的蓝色幽光中,向前跑啊跑,跑啊跑。

"啊!龙胆花盛开了,这里已经是深秋了啊!" 康帕内拉指着窗外说道。沿着铁道的边缘,有一片矮矮的草坪,上面开放着一朵朵紫色的龙胆,像是月长石雕刻出来的一样。

"信不信我会跳下去,采上几朵,再跳上来!" 乔凡尼跃跃欲试。

"别瞎说了!都已经跑到我们后面那么远啦!" 没等康帕内拉说完这句话,又一片闪耀着紫色光辉的龙胆花,飞驰到了身后。

说着说着,又飞来了一片又一片的龙胆,紫色花瓣的花茎,都是金黄的颜色。成千上万的花朵,翻涌着,如同花瓣雨一样从眼前划过。三角形的标志呢,一个个也排得整整齐齐,恍惚中如烟如雾,火焰一样摇曳着,闪耀着,远离着。

七、北十字星与上新世海岸

"妈妈……她应该会原谅我的吧。"

康帕内拉突然就说起了这话,好像下了很大的决心似的,说得有些结结巴巴,却又非常急切。

乔凡尼也茫茫然说不出什么,只是脑海里想着——是啊,差点儿忘了,我的妈妈就在那个橙色的三角标志那儿吧,简直就像是一粒尘埃一样。妈妈一定在担心着我呢。

"如果能让妈妈得到真正的幸福,无论什么事,我都可以做的。可是……要做什么呢?什么才是妈妈最大的幸福呢?"康帕内拉好像都要掉眼泪了,他拼命忍耐着,好让自己不要哭出来。

"你的母亲……不是没什么不幸的事情吗？"乔凡尼有些不相信自己的耳朵，他的疑问已经接近于惊叫了。

"我……我也说不好，可是，无论是谁，只要做好事，就一定会成为最幸福的人。所以，我觉得，妈妈一定会原谅我的。"康帕内拉的样子，似乎暗暗发下了什么誓言。

顷刻间，车厢里唰地亮如白昼。抬头一看，绚丽的银河，像是聚集了世间所有美妙的东西，璀璨的钻石，草花的露珠，都荡漾在那河床上了。银河里的水波，依旧无声无息，依旧无影无形，依旧奔涌流淌着。只是在那河流的正中央，漂浮着一座小岛，小岛上放射出青白色的玄妙宝光。小岛的顶端，有一块平地，平地上立着一座雪白雪白的十字架。那十字架太美了，足以让人眼前一亮，为之猛醒；那十字架太洁白了，像是用北极上空已经冰封的云儿铸造而成的，它四周环绕着金色的光晕，似乎要在那里静谧着，屹立着，直到永久。

"哈利路亚，哈利路亚！"前前后后都响起了赞美的祈祷。

回头一看，原来是车厢里的旅人们纷纷恭敬地站直身子，拉直衣褶，有的把黑皮《圣经》抵在胸前，有的往脖子上挂了水晶佛珠，还有的将十指虔诚地交叉在一起，每一个人，都面对着十字架祈祷着。两个孩子也受到感染，噌地站了起来。康

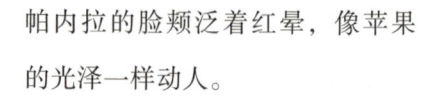

帕内拉的脸颊泛着红晕，像苹果的光泽一样动人。

之后，小岛与十字架渐渐消失在了列车的身后。

银河的对岸，也辉映着冷冷的白光，隐隐约约，有如云中幻境。时不时地，风儿会戏弄着天空芒草，芒草银光一闪，仿佛有什么人在对着它们轻呵了气息似的。无数的龙胆花，一会儿藏到青草之中，一会儿又露出笑颜，仿佛是一朵朵与人玩耍的火花。

过了一小会儿，银河与列车之间，挡上了一排高高的芒草，天鹅岛只露出了两次面容，随后就变得十分渺小，好像缩到了画中一样。风吹芒草，发出哗——哗——的声浪。最后，连它们也完完全全从视野中消失了。

在乔凡尼的身后，有一位似乎是天主教的修女，不知她是从哪一站上来的。高高的个子，披着黑色的披风，圆圆的绿色眸子，久久地垂落正下方，似乎在用全心全灵侧耳倾听着传自远方的话语。旅人们，一个个都安静地回到了座位上。两个孩子的心灵，似乎蔓延着一种全新的情绪，似悲伤，却无痛。他们不自觉地换了一个话题。

"就快到天鹅座车站了啊。"

"嗯嗯，十一点整到站。"

很快，绿色信号灯与灰白色的柱子，从车窗外一闪而过。接着，从窗下经过的，是铁道上的转辙机。它的灯光，像是燃烧的硫黄，温暖而又柔和。之后，列车逐渐放慢了速度。没过多长时间，就出现了站台上的一排照明灯。灯柱整齐划一，灯光温婉美丽。灯看得越来越清晰，灯与灯的间隔也越来越开阔。最后，两个孩子来到天鹅座车站的巨大时钟跟前时，列车停稳了。

清爽的秋日，巨大的时钟，盘面上两根散发着淡蓝光辉的钢铁指针，正好对准了十一点。乘客们纷纷下了车，车厢内一个人也没有了。

时钟的正下方写着：停车时间20分钟。

"我们也下去看看吧。" 乔凡尼提议。

"走,下车!"

两个孩子同时从座位上弹了起来,跳出了车门,一口气跑到了检票口。奇怪的是,检票口一个人也没有,只是亮着一盏灯,发出耀眼的紫光。找遍了检票口,也没有看到站长或是搬运工,连一个人影都没有。

两个孩子来到了一个小广场上。广场四周围着银杏树,每一棵都像是水晶雕琢的。一条宽阔的大道,直直地伸向了银河的淡蓝色光晕之中。

不清楚刚刚下车的人们都去哪儿了,竟然一个人也看不到了。两个孩子肩并着肩,走在雪白的大道上。他们俩的影子,在地上向四面八方放射出去,就像是四面有窗的屋子里,映射出的两根柱子的阴影，又像是两个车轮的轮条，从中心向周围伸展出去。之后，没过多久，就走到了从火车上看到的那一处美丽的河滩。

河沙太美，太纯净了。康帕内拉捏起了一些，放在掌心，用手指捻了捻，搓了搓，沙粒发出的声音，仿佛只有在梦中才能听到。

"这些河沙都是水晶的颗粒啊，你看，里面还燃着小小的火星呢！"

"是啊……"乔凡尼有些心不在焉地回答道，他好像记得，在哪个童话里看到过燃着火光的水晶。

河滩上的小石子，一个个都晶莹透明，的的确确是水晶或者是黄玉。还有的，上面带有细碎的棱角和褶皱，从这些小小的棱角上，还放射出冷冷的白光，整体像是包裹了一层薄雾一样，不用说，这些都是红宝石和蓝宝石了。

乔凡尼飞奔到了银河畔，把手泡到了水中。然而，那奇妙的银河水，要比氢气还要透明得太多太多。不过，那水确实是在流动的。为什么这么说呢？两个孩子的手都泡在了水中，他们的手腕上，浮现出一圈水银一样的色泽。水波还在不断涌动，推动着他们的小手。每涌动一次，都会掀起片片粼光，那光闪烁着，漂摇着，像是河面上的点点花火。

银河上游的一处峭壁上，盖满了天空芒草。峭壁的下面，顺着河流伸出了一块雪白的岩石。岩石太过平坦了，就像是游戏的空地一样。岩石上，有五六个小小的人影在动。不知他们在挖着什么，还是在埋着什么，一会儿站直身子，一会儿又弯下腰。时不时地，好像还有什么工具，反射过来一丝光芒。

"咱们去看看！"两个孩子异口同声地欢叫着，一起向着白色岩石的方向跑去。在入口处，立着一块牌子，它光滑极了，像陶瓷一样，上面写着——上新世海岸。牌子对面的河滩上，围着一些细细的铁栏杆，还摆着几张木制的漂亮长椅。

"哎，有些奇怪的东西呢！"康帕内拉觉得非常不可思议。他停住了脚步，捡起了核桃一样的果实。只不过，那果实黑黑的，细细的，长长的，两端还是尖尖的。

"是核桃！快看，好多好多！不是漂来的，是岩石里面的。"

"好大啊，比正常核桃要大一倍呢。你看这个特别完整！"

"我们快去那边看看，他们一定在挖着什么呢！"

两个孩子，攥着黑色的大核桃，又跑向了刚才的方向。河滩就在左边，水波向岸上涌动着，一道道波纹像是燃烧的闪电，却又是那么柔和。右边的峭壁上，铺满了天空芒草，那些银灿灿、亮晶晶的草穗，简直就像是用白银或是贝壳的粉末制作的一样。

两个孩子走近了一看，一个个子高高的人，看模样像是一个学者。学者戴着厚厚的近视眼镜，穿着长筒皮靴，正在小本子上奋笔疾书，还不时忘我地指挥着三个助手。他的三个助手呢，有的正在抡着鹤嘴镐，有的正在操作探测仪，在观察着什么。

"那边那块突起的部分，千万不要弄坏！用仪器，快用仪器。哎呀！挖的时候，再离远一点儿。不行不行！太不小心了！"

原来，在那块白色的、柔软的岩石上，镶嵌着一个巨大的野兽骨架，有一半已经挖掘了出来，笼罩着冷冷的白光。它躺在那里，血和肉消失了以后，经过了好多好多年以后，就变成了现在这个样子。

仔细一看，骨架的旁边，排列着十来块四方形的石头。石头的上面，都留有两个蹄印。石头切削得特别齐整，每一块都有自己的编号。

"你们两个是来参观的吗？"那位学者模样的老先生，扭头看着两个孩子。他的眼睛，瞬间闪了一下。

"你们看到了很多核桃吧？那些核桃啊，大约是一百二十万年前的核桃。不过呢，还算是历史短的。这一带呢,是一百二十万年前形成的海岸,已经是第三纪之后了。这下面啊,藏着好多好多贝壳。那时候,这一带也和那边的大河一模一样,咸咸的河水涌过来,退回去的。这个骨架的生物叫作博斯原牛……喂!那里不能用镐敲打!用凿子一点一点来!这个博斯原牛,就是现在的牛的祖先。那时候,这里有好多好多的博斯原牛。"

"您是要制作标本吗?"

"不不不,我是要证明。在我们看来,这一带的底层,既有厚度,又特别完美。证明这里是一百二十万年前形成的证据呢,也出土了很多了。可是呢,还是有一些家伙持反对意见。在他们看来,这里不是那时候形成的地层。他们总说,这里的风怎样怎样,这里又没有水,这里的地层看起来空荡荡的,什么都没有。你们能听明白吗?不过呀……喂!探测仪别插进去!那下面埋着的应该就是肋骨了!"老先生急急忙忙地跑了过去。

"已经到时间了,咱们快回去吧。"康帕内拉比了比地图上的距离,又看了看手表,对乔凡尼说道。

"啊!那我们就不打扰您了。" 乔凡尼规规矩矩地向学者鞠了一个躬。

"这样啊,好吧,再会了。"学者又这边走走,那边看看,风风火火地指挥了起来。

两个孩子呢，在岩石上飞快地奔跑着，他们可不想赶不上列车。真的，他们跑得像风儿一样。可是呢，他们没有气喘吁吁，也不觉得腿酸。

这么轻快地奔跑下去的话，大概我们可以跑遍全世界吧——乔凡尼打心眼里这么想着。

之后，两个孩子跑过了刚刚经过的河滩。检票口的灯光，变得越来越亮。很快地，两个孩子又回到了之前的车厢，坐在了之前的座位上。他们看着窗外，远远地望着跑回来的方向。

八、捕鸟人

"我可以坐在这里吗？"

两个孩子的身后，传来了一个大人的声音。这声音，听起来有些沙哑，但很亲切。

孩子们回头一看，眼前的人穿着茶色的外套，外套已经有些破旧了，蓄着红色的胡子，后背微微驼着。他的肩膀上，一前一后挂着两个白色的包裹。

"当然可以了。"乔凡尼耸了耸肩，算是打了招呼。红胡子露出了一丝微笑。他放下包裹，把它们整齐地摆在行李架上。

乔凡尼呆呆地望着面前窗外的大钟，他觉得，内心里有两种强烈的情感交织着，那是寂寞与感伤。这个时候，在很远很远的前方，传来了鸣笛声。那声音太过透明，好像汽笛是玻璃制作的。接着，列车悄无声息地开动了。康帕内拉仰着头，从车厢天花板的这头，缓缓地看到了那头。一只甲虫，落在上面一盏灯上，它那大大的影子，就映在了天花板上。红胡子呵呵笑着，看着乔凡尼和康帕内拉的脸。从他的笑声里，好像传递出一种与年轻人久别重逢的信息。

列车渐渐加速了，天空芒草与银河，交替着在车窗外闪耀着光辉。

红胡子似乎有些犹豫，但还是跟两个孩子搭起话来。

"两位小绅士，你们要去哪里呀？"

"走到哪里算哪里……"乔凡尼回答得有些不太自然。

"那可真是太好了,实际上,这趟列车无论去哪里,都是可以到达的。"

"那——您知道自己要去哪儿吗?" 康帕内拉突然开口了,听起来似乎有些针锋相对。乔凡尼听了,倒是扑哧一声笑了。坐在对面的一个人,也看了一眼这边,忍不住笑了出来。他的头上,戴了一顶尖尖的帽子。腰间呢,挂着一把大大的钥匙。康帕内拉自己也觉得有点奇怪,羞得涨红了脸,腼腆地笑了。

可是呢,红胡子一点儿也没有生气,他一边鼓了鼓脸颊,一边回答:"我马上就下车,我的工作就是捕鸟。"

"捕什么鸟呢？"

"仙鹤呀大雁什么的，也会捕白鹭和天鹅。"

"仙鹤会有很多吗？"

"应该不少吧。刚才就一直在叫，你们没听到吗？"

"没有啊。"

"现在不是也听得到吗？你们听，试着用心听一听。"

两个孩子仰起脸，静下心来听着。他们听到了咣当咣当声，那是列车奔跑的回响；还听到了熏风抚摸天空芒草的唰啦唰啦声。这两种声音的间隙中，时隐时现着水波涌冒的咕咚咕咚声。

"仙鹤……要怎么才能抓住它呢？"

"你说的是仙鹤，还是白鹭？"

"那……白鹭吧。"乔凡尼心里想的，其实是哪个都无所谓。

"白鹭啊，那不用费什么功夫。这种鸟呢，遇到银河的沙，就会冻僵，之后就融化掉了。不过呢，不论早晚，它们总会飞到河滩上去，只要在那儿等着就好。白鹭着地之前呀，两条腿都是这种形状的。就看准它们即将着地的一瞬间，牢牢地抓住它们的长腿就好。这样的话，它们很快就会死去，其实是感觉不到一点儿痛苦的。之后呢，就不用说了吧，给它们压扁、除湿就好啦。"

"把白鹭压扁……除湿……是要做成标本吗？"

"可不是标本，都是要当作食物的呀。"

"那可太难以理解了……"康帕内拉歪着头说。

"好不好理解，奇不奇怪，都一点儿关系也没有。你们看！"说着，红胡子站了起来，从行李架上取下来一个包裹，唰唰唰，两只手麻利地把包裹打开了。

"来，看一眼吧，这可是刚刚打到的。"

"真的是白鹭！"两个孩子惊叫了出来。眼前的白鹭，羽毛泛着洁白洁白的光泽，就和之前看到的北方的十字架一样圣洁、雪白。十只白鹭整齐地摞着。它们的身体胖胖的、扁扁的，黑色的长腿蜷缩着，像是十枚大理石浮雕一样。

"眼睛都闭着呢。"康帕内拉用手指轻轻碰了碰。白鹭的眼睛紧紧地闭着，像是新月的形状，隐隐显出白色的眼珠。头顶上，长长的翎毛，也都整整齐齐的。

"对吧？就是这么回事。"捕鸟人又合上包裹皮，迅速地裹好，最后用力打上了结。

乔凡尼心里想，这里什么人会吃白鹭啊……嘴上却问道："白鹭的肉……好吃吗？"

"嗯嗯，每天都有人要货呢。不过呀，大雁的肉，卖得更好。大雁的块头，可比白鹭大多了，而且呢，一点儿也不费事。"捕鸟人说着，又打开了另外一个包裹。于是，里面露出了一摞整整齐齐的大雁。大雁的羽毛上，有黄色的和青色的斑点，就像是某种电灯一样，幽幽地发着光泽。大雁也像刚才的白鹭一样，长长的喙，整齐地排成一排，身体也被压得胖胖的，扁扁的。

"大雁可是能直接吃的。怎么样？尝一尝吧？"捕鸟人轻轻地拽了一下大雁腿，结果，那条腿就像是巧克力做的一样，欻的一下就被撕下来了。

"怎么样，来尝尝吧。"捕鸟人把大雁腿分成了两块儿，递了过来。乔凡尼咬了一小口，心里感慨了起来。这哪是什么大雁呀,明明就是点心嘛。味道比巧克力还要美味,真的是大雁的话,怎么可能在天上飞啊。这男人,一定是哪里的郊外卖糕点的。可是……我心里都在嘲笑他了,又怎么能吃他给的点心呢?我真是太不争气了……虽然心里这么想着,乔凡尼还是小口小口地,把大雁腿给吃光了。

"好吃就再来点吧。"捕鸟人从包裹里又拿出来一些。

"不了,真的很感谢您。"乔凡尼的心里其实还是想再吃一点儿的,可是嘴上却拒绝了。

于是,捕鸟人递给了坐在对面的那位挂着钥匙的乘客。

"哎呀呀,这可是您要拿去卖钱的,真是太不好意思了啊。"对面的人,摘下帽子道谢。

"不不不,您别客气。今年候鸟的来势如何?"

"哎呀呀,真是太了不得了。前天我值第二班的时候啊,打进来无数个电话,这个也质疑,那个也投诉。都说我们,怎么不按规定的间隔操作灯塔的探照灯。简直冤枉死了啊!根本不是我们操作的问题,都是候鸟的鸟群啊!一团一团,黑压压的,从灯塔前面一过,全给遮住了,我们也没辙啊!于是啊,我呀,就对打来电话的人嚷嚷,你脑子是被鸟吃了吗?瞎抱怨什么?跟我们说,什么用也没有!要抱怨啊,给披着毛茸茸的斗篷,长嘴长腿的鸟司令打去!哈哈哈哈……"

天空芒草全然消失了,没有了阻挡,远处的原野上,唰地射来了光芒。

"为什么呢?为什么白鹭会比大雁难捕呢?"康帕内拉从刚才就想问了。

"那是因为呀,要想吃白鹭肉的话啊……"捕鸟人把身子转了过来,接着说,"就得先把白鹭挂起来,用银河水面折射的光线,照上十天左右。要不然啊,就得埋到沙子里,闷上个三四天。只有这样,白鹭身体里的水银才能蒸发干净。水银蒸发完了之后啊,才能吃到肚子里。"

"嗯……这个不是真的大雁,就是一般的点心吧?"康帕内拉咬了咬牙，大胆地问了出来。他和乔凡尼的感觉，果然是一模一样的。

捕鸟人显得特别狼狈，慌忙说："对了对了，我这站就得下车啦！"说完，站起来就拿行李。两个孩子再看他的时候，却连影子也没有了。

"他去哪儿了啊？"

两个孩子你看看我，我看看你。一旁的守塔人，嘿嘿嘿地笑了起来。他稍微伸长了脖子，往两个孩子旁边的车窗外面望去。孩子们也扭过头去，发现刚刚还在眼前的捕鸟人，竟然已经站在了一大片清明草上了。放眼望去，遍野都是清明草，它们散发着美丽的磷光，有黄色的，也有绿色的。捕鸟人神情肃穆，他张开双臂，一动不动地仰面看着天空。

"他去那儿了！太神奇了啊！他一定又要捕鸟了！要是列车还没发车前，鸟群就能早点飞来就好啦。"

两个孩子刚说完自己的小期待，就看到本来空荡荡的、桔梗色的天空上，转眼间飞来了无数只白鹭，正是刚才在车厢里看到的那种，它们的到来宛如下起了漫天的大雪一样。无数的白鹭在空中"啾——啾——"地鸣叫着。

紧接着，那位捕鸟人的脸上，露出了自信的微笑，好像在说——正等着你们送上门来呢！他的双腿，打开到六十度，稳稳地站定。白鹭们下落的时候，捕鸟人就闪电般伸出双手，攥住它们蜷缩着的黑色长腿，顺势就装到了口袋里。于是，白鹭们呢，就像萤火虫一样，在口袋里时明时暗地，闪烁一阵蓝色的光芒后，就变得暗淡下去了。最后呢，白鹭们的视线就会开始模糊，泛起白膜，缓缓合上眼睛。

捕鸟人捕到了很多只白鹭。可是呀，没有被捕到，最后平安落在银河沙上的，还是要多得多。它们的长腿，接触到河沙的瞬间，就像是冰雪开始融化一样，身子开始缩小，逐渐变得扁平。没过多长时间，白鹭就像是刚从熔炉里流出的铜水一样，在沙粒或石子上铺开，下渗了。一开始，沙石上还留着鸟的形状。

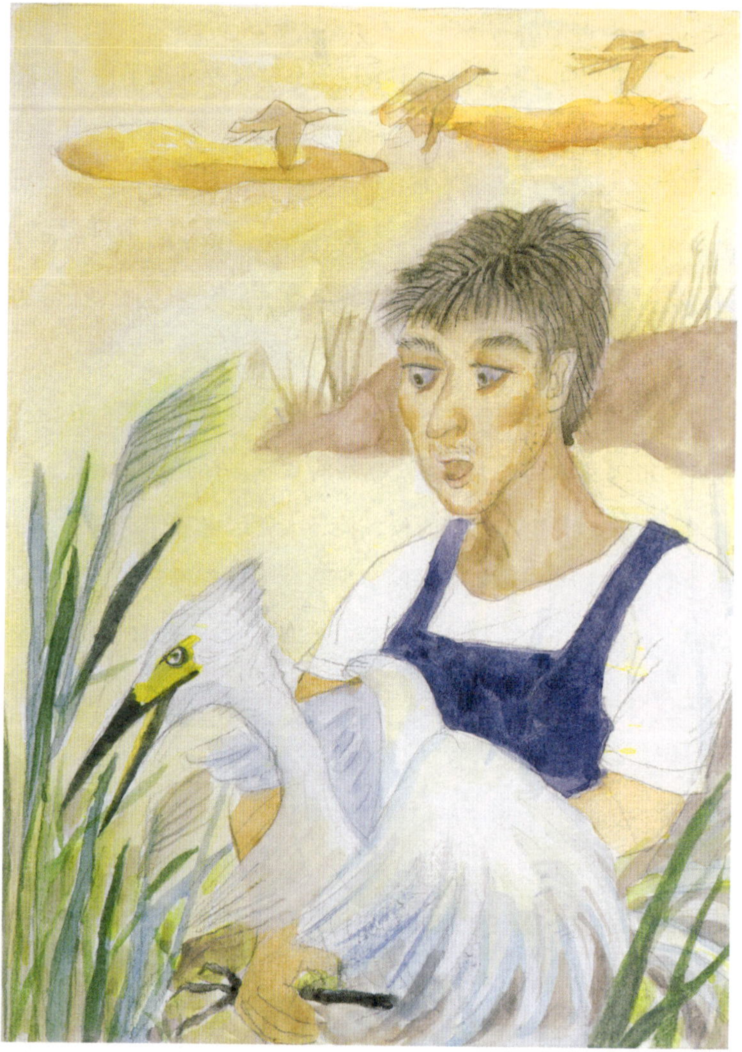

那摊印记，也会明明暗暗两三回，之后就完完全全融入周围的颜色，变得无迹可寻了。

捕鸟人捕了有二十只白鹭，把它们都装到了口袋里。之后，他突然高举双手，就像是士兵被炮弹击中时惨死的样子。再一眨眼，捕鸟人又消失了。可是，在乔凡尼的身旁，却传来了似曾相识的声音："哈哈，实在是易如反掌啊。什么时候能让我好好活动活动筋骨呢？好像总是没有这种好事啊。"两个孩子回头一看，捕鸟人就在身旁，正在整理着白鹭的尸体，然后一只一只地摞整齐。

"为什么您可以从那么远的地方，一眨眼就能来到这里呢？"乔凡尼觉得，眼前的情形，自己好像完全可以理解，又好像一点儿也理解不了。他觉得，自己的头脑里有些怪异的感觉，于是就开口问了起来。

"要说为什么呀……想来就来了呗。话说回来，你们俩是从哪儿来的啊？"

乔凡尼想马上回答，可是呢，哎呀，我本来是从哪儿来的……他怎么也想不起来了。再看看康帕内拉，他的小脸蛋也是憋得通红，好像在努力回忆着什么。

"哦哦，应该是很遥远的地方吧。"捕鸟人好像已经明白了什么似的，随随便便地点了点头。

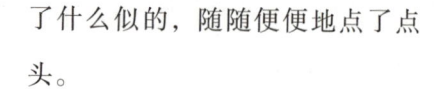

九、乔凡尼的车票

"这里呀，已经是天鹅座的边境了。快看，那就是举世闻名的天鹅座阿尔比雷欧星观测站了。"

车窗外，银河恍若是满天的火花。在火花的正中央，立着四座黑漆漆的巨大建筑。其中的一座平坦建筑的顶端，有两颗巨大的透明的圆球，一颗是蓝宝石的，另一颗是黄宝石的。两颗巨球在缓缓转着，悄无声息，轨迹画成了一个巨大的圆环。黄宝石越转越远，小一点儿的那颗蓝宝石，就会越转越近。不一会儿，两个巨球逐渐开始重合。重合的部分，变成了美丽的绿色,两者交汇成了一个椭圆形,像是凸面镜一样。终于,蓝宝石转到了黄宝石的正前方。一个圆圆的绿宝石形成了,周围还有一圈黄色的光环。接着,绿宝石的巨球开始变形,越拉越长。蓝宝石又向远处转去,黄宝石开始靠近了。两个宝石巨球,周而复始地转动着,循环着。观测站的四周,围着银河的河水,无声无息、无形无影的银河水。观测站仿佛在沉睡着,静静地待在那里。

"那座建筑啊,是测量银河流速的。那里的河水呢……"捕鸟人的话,刚说到一半,就听到有人对他们说:"请出示车票。"回头一看,他们三个的座位旁,不知什么时候站着一位列车员。他戴着一顶红色的帽子,高高的个子,站得笔直。捕鸟人没有说什么,默默地从衣服口袋里掏出了一张小小的车票。列车员匆匆扫了一眼,马上就挪开了视线。接着,他向乔凡尼伸出手,几根手指上下动了动,意思是:你的车票呢?

这一下,乔凡尼可为难了。他扭扭捏捏的,不知该如何是好。可是呢,康帕内拉却很平静地掏出了一张小小的灰色车票。乔凡尼更是完全慌了手脚。说不定在上衣的口袋里装着呢?他这么想着,就把手伸了进去。没想到,手指头碰到了一沓折起来的纸,个头好像还不小。口袋里竟然一直装着这个……乔凡尼也顾不得那么多了,飞快地把它掏了出来。那是一张大大的绿颜色的纸,折成了四折。列车员的手还在伸着呢。乔凡尼心想,不管他,就给这个吧。于是,把那张折着的纸塞了过去。列车员接过以后,又重新站直身子,小心翼翼地打开了那张纸。列车员一边看着,竟然一边一脸严肃地整理好了上衣的纽扣。守塔人坐在位子上,也紧紧盯着那张纸的背面。看到他们这个样子,乔凡尼感觉这应该是某种证书。想到这里,他觉得自己的胸口好像有些发热。

"这个……是从第三空间带来的吧?"列车员问道。

"我也不大清楚……"乔凡尼觉得好像有这个就足够了。他抬起头望着列车员,腼腆地笑了。

"可以了,南十字的抵达时间,是下一个三点钟左右。"列车员说完,把那张纸还给了乔凡尼。

康帕内拉等得都有点坐不住了,一直想拿那张纸看一看。乔凡尼也是一样,想赶紧看看这到底是个什么神奇的东西。可是呢,那张纸的满面都是黑色的唐草花纹,正中央印着奇奇怪怪的十来个字。两个孩子都没有说话,看着看着,仿佛要被这张纸吸进去似的。

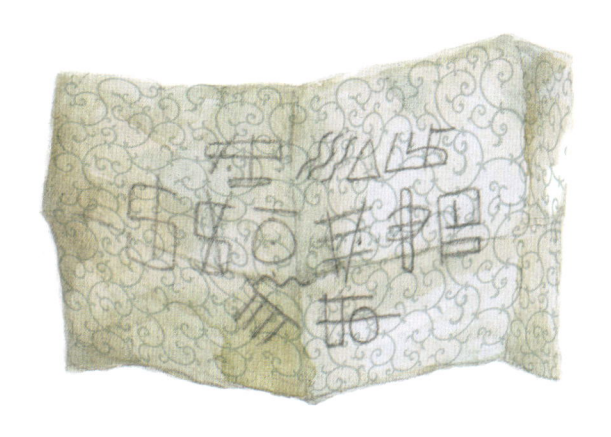

这个时候,一旁的捕鸟人扫了一眼,大惊失色地说:"天哪,这可是个宝贝啊!有了这个啊,连九重天都可以上去呢!何止是九重天呀,真是想去哪里就可以去哪里!要是拿着这张通行证,就算是在这个还不完善的虚幻第四空间里……就算是这条

银河铁道,按理说,你也是哪里都可以去的。孩子,你可真不是个一般人啊!"

"我也不大清楚……"乔凡尼的小脸蛋火热火热的,他一边回答,一边折好通行证,又放到了衣服口袋里。乔凡尼觉得非常不自在,就和康帕内拉一起,故意把头扭向了窗外。不过呢,他还是能隐隐约约感觉得到,捕鸟人时不时地看向他俩,好像一直在感叹他们真的不寻常似的。

"很快就要到天鹰座车站了。" 康帕内拉一边说,一边一会儿看看对岸三个排列整齐的银白色小三角标志,一会儿看看手上的地图。

不知道什么缘故,乔凡尼猛地同情起身旁的捕鸟人来了,真的，特别特别同情。轻轻松松地抓到白鹭的时候，他是那么兴奋；用白布包起鸟儿尸体的时候，他是那么认真；看到通行证的时候，他是那么吃惊；夸奖自己的时候，他是那么张皇。相遇以来的一幕一幕，重新浮现脑海里之后，乔凡尼忽然觉得，自己可以把拥有的所有好东西，所有好吃的，一切的一切，都送给这个素不相识的捕鸟人。只要这个人能得到真正的幸福，自己宁愿在银河的河滩上，守候一百年，把捕到的所有的鸟儿，全部都送给他。乔凡尼想要和捕鸟人说说话，他想问问捕鸟人，他苦苦追寻的，究竟是什么呢？

这种冲动，来得是那么意外，乔凡尼也不知道自己该怎么办。他想先回头看一看，可是身旁空空的，哪里有什么捕鸟人啊！就连行李架上的白色包裹也消失了。难道……他又跑到了外面，两脚站定，抬头仰望着天空，在等待白鹭们的降临吗？乔凡尼这么想着，连忙看了看窗外。可是，窗外有的只是满目美妙的沙滩，还有银闪闪的天空芒草。捕鸟人那宽厚的臂膀，尖尖的帽子，无论望向哪里，乔凡尼都看不到了。

"他……去哪儿了呢？"康帕内拉也很迷惘，不解地喃喃自语。

"是啊……去哪儿了呢……应该，在什么地方还会再遇到的吧。我……为什么没能再和他多说说话呢……"

"对呀,我也正懊恼呢。"

"我呀……有一段时间,一直希望他能离咱们远一点……所以……我现在心里特别不舒服。"乔凡尼有生以来第一次产生这种奇特的情绪。就连刚说的这句话,也从没有说出口过。

"我好像闻到了一股苹果的清香。难道是因为我正在想吃苹果的原因吗?"康帕内拉觉得非常非常不可思议,他向四周看了又看。

"真的!真的有苹果的香味!还有野蔷薇的味道!"乔凡尼也是左看看,右看看。可是呢,这些好闻的味道,好像都是从车窗外飘过来的。乔凡尼在想,现在明明是秋天了,又怎么会有野蔷薇的气味呢?

就在这个时候,两个孩子的面前,突然出现了一个男孩。男孩大约有六七岁,黑黑的头发闪耀着光泽。男孩穿着一件红色的夹克,没有系扣子,还光着一双小脚丫,一脸惊恐,整个人哆哆嗦嗦地颤抖着。男孩的身旁,站着一个高个子青年,身上穿着笔挺的西装。青年的样子,像是一棵正在经受狂风洗礼的榉树一样。他紧紧地攥着小男孩的小手。

"哎呀,这儿是哪里啊?好漂亮啊!"青年的身后,还有一个可爱的小姑娘,年龄大约在十二岁,长着一双褐色的大眼睛。小姑娘身着一身黑色的衣服,她正挽着青年的胳膊,有些惊喜地望着窗外。

"哦哦,这里啊,这里是兰开夏。不不不,是康涅狄格州。还是不对,哎呀,我们啊,是要到那个……要到天上的啊。快看,那个就是天空世界的标志啊。已经再没有一丁点儿可怕的事情了。我们是被神召唤来的。"青年对女孩子说着这番话的时候,显得非常兴奋,脸上映出了欣喜的光泽。可是,他的眉间却聚起了深深的褶皱,显得那么疲倦。他笑得是那么勉强,但青年还是微笑着,让男孩坐到了乔凡尼的身旁。接着,青年又温柔地让女孩子坐在了康帕内拉旁边的座位上。女孩子非常听话,坐下来以后，两只粉嫩的双手十分有教养地在膝头叠放着。

"我要去大姐姐那里……"

小男孩刚坐下，脸上就开始抽搐，朝青年哭诉起来。青年呢，也是刚坐到守塔人的旁边。他的脸上，浮现出一种难以言表的伤感，默默地盯着小男孩的脸。这个时候，小男孩的脸上已经不成样子了，满是鼻涕和眼泪。那个女孩子呢，也突然把小脸埋在了双手里，抽抽搭搭地流起了眼泪。

"爸爸和菊代姐，还有好多好多事情没有做完。不过呢，他们很快就会赶上咱们的。你还是心疼心疼妈妈吧，妈妈都已经等了咱们那么久了呢。妈妈等我们的时候，一定总是在想：我的乖宝贝阿正，这时候在唱什么歌呢?

飘着细雪的早晨,几个孩子一定是手牵着手,围着那丛接骨木,在骨碌骨碌地转圈圈吧?妈妈可担心我们了,所以,咱们还是赶快去见妈妈吧!"

"嗯,可是……我要是没上那艘大船就好了……"

"是呀,不过呢,你看你看,天空好看不好看?多壮阔的大河啊,对吧?咱们每年的夏天都能看到这条河呢。夏天多开心呀,咱们一起唱'一闪,一闪,小星星',累了的时候就在窗前休息。那时候从窗口看到的朦朦胧胧的银河,就是这一条呢。怎么样,漂亮吧?看它多么闪亮啊!"

正在掉眼泪的小姐姐,也用手帕擦了擦眼角,抬头看着窗外。青年好像在课堂里教小朋友们一样,他柔声对这对小姐弟说:"我们呀,再也不会有一丁点儿伤心的事啦。你们瞧,我们沿路的风景有多美。很快,我们就可以去神的国度啦。那里到处都是光明的,永远飘着香香的味道,还有好多好多伟大的人呢。我们虽然没有搭乘小艇,可是,上了小艇的人们,一定都已经得救了。他们每个人都有自己的爸爸妈妈等着他们回家呢。好了好了,马上就要到了。我们快振作起来,高高兴兴地唱起有趣的歌谣吧。"青年爱抚着小男孩湿漉漉的黑发,安慰着两个孩子,他自己的脸上也渐渐有了光泽。

"你们几位是打哪儿来的呀？出了什么事吗？"守塔人好像听明白了一些缘由，他问那个青年人。

青年微微露出了一丝笑容，开始诉说了起来：

"也没有什么，是我们乘的大船撞上冰山，沉没了……因为有急事，这两个孩子的父亲两个月前就先回国了，我们是晚些时候才出发的。我考上大学以后，就来到了这家，给孩子们当家庭教师。可是，正好是登船后第十二天，大概是昨天或今天，大船就撞上了冰山，船体一下子就开始倾斜了，眼看着就要沉底。记得那时候是有月光的，大雾又浓又密，但模模糊糊的，什么都看不清。不幸的是，小艇都挂在大船的左舷，有一半都撞坏了，不可能装得下所有的人。那时候，大船真的就要沉了，我拼命地喊：'求求你们，让孩子们上去吧！'周围的人们，马上就让开了一条通道，他们还不停地为孩子们祈祷着。可是，到小艇的通道上，还有很多很多更小的孩子和他们的父母，我又怎么忍心把他们推开呢？但是，我觉得，保护两位小主人，就是我应尽的义务，我真的想推开前面的那些孩子。可是我又一想，如果我那么做才能让两位小主人得救的话，那还不如带着他们一起来到神的跟前，说不定，这才能让他们得到真正的幸福。可是我又犹豫了，我想，还是想尽一切办法救救孩子，让我一个人违背神的旨意，背负所有的罪与罚吧。结果，看着眼前的那些孩子和父母，我还是下不了决心。母亲们把自己的孩子放到了小艇里，像是疯子一样送着飞吻；父亲们都强忍着悲痛，在倾斜的大船上站得笔直。看到这些，我的心都碎了。那个时候，大船还在不停往下沉着。于是，我下定了决心，紧紧地搂着两个孩子。我想能撑多久，就在海上漂浮多久。我站定以后，只等着船沉没的那一刻。就在这时，不知是谁朝我们扔来了一个救生圈。可是救生圈太滑了，我一下子没有接稳，它就被水流冲远了。我用尽了所有的力气，把甲板上的窗格子拆了下来。我们三个一起，紧紧地紧紧地抓着它。

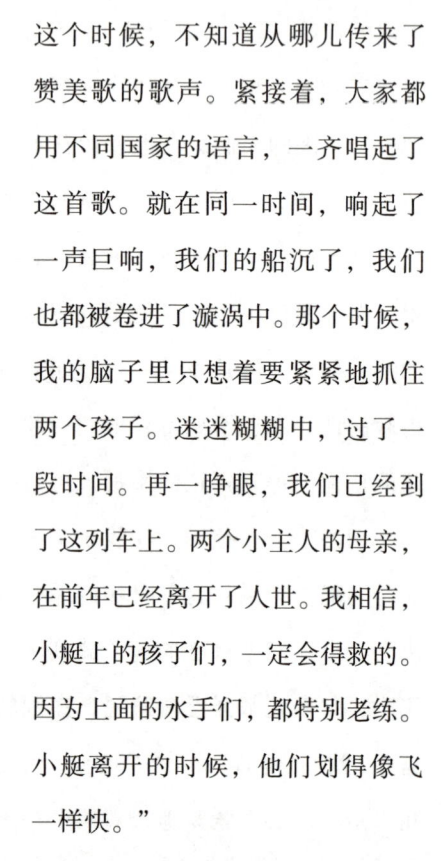

这个时候，不知道从哪儿传来了赞美歌的歌声。紧接着，大家都用不同国家的语言，一齐唱起了这首歌。就在同一时间，响起了一声巨响，我们的船沉了，我们也都被卷进了漩涡中。那个时候，我的脑子里只想着要紧紧地抓住两个孩子。迷迷糊糊中，过了一段时间。再一睁眼，我们已经到了这列车上。两个小主人的母亲，在前年已经离开了人世。我相信，小艇上的孩子们，一定会得救的。因为上面的水手们，都特别老练。小艇离开的时候，他们划得像飞一样快。"

车厢里，隐隐传来了周围乘客们祝福的祈祷声。乔凡尼和康帕内拉也隐隐约约地回忆起了一些遗忘了的往事——他们的眼眶，

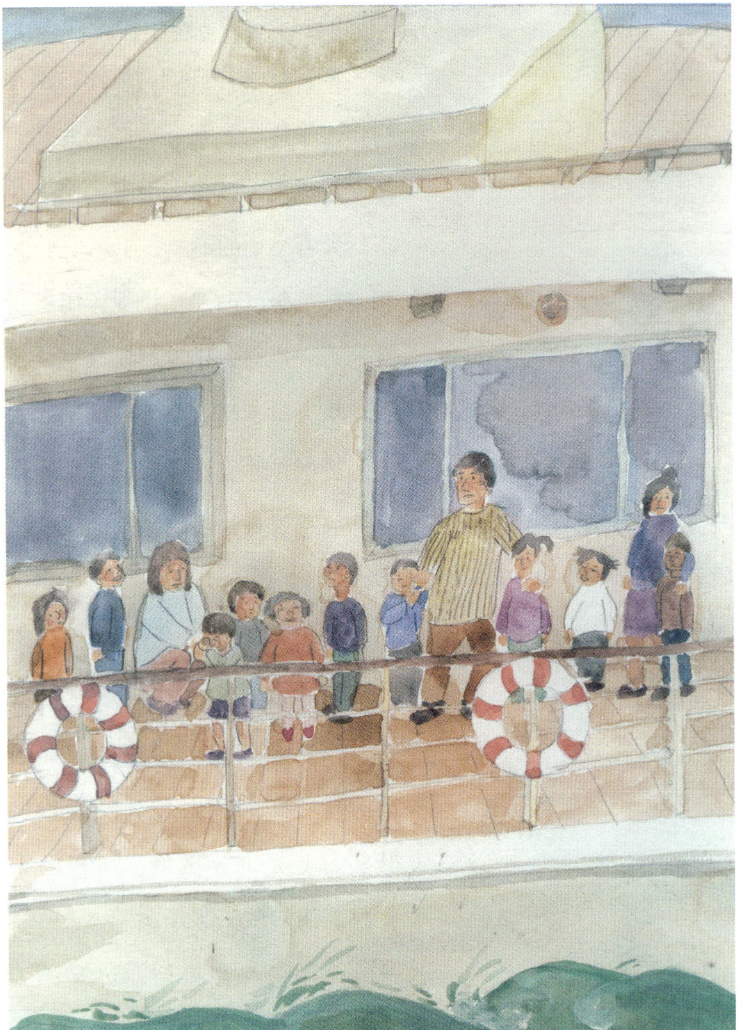

隐隐涌动着一股热流。

啊！那一片广阔的海洋，不是叫作太平洋吗？在那大海的北端，漂浮着无数的冰山吧。有一个人，正驾驶着小小的渔船，与寒风搏斗，和流冰抗争，向严寒挑战，用尽所有的力气拼命工作着。我太辜负他了，我太对不起这个人了。到底我该怎么做，才能让他变得幸福呢？乔凡尼垂着头，他陷入了深深的沮丧之中。

"我不清楚什么是幸福。不过呢，不管是多么让人难过的事情，只要走的路是正确的，那迈出的每一步，上山也好，下坡也好，其实都是走向幸福的。"守塔人安慰着他们。

"嗯，您说得对。可是⋯⋯到达最大的幸福之前，不幸也是随时随地都会出现的。"青年安静地说着，就像是在祈祷一样。

那对小姐弟实在太累了，都倒在座位上睡着了。不知什么时候，男孩刚才还是光着的小脚丫上，已经套上了一双洁白柔软的小鞋。

咣当咣当……咣当咣当，列车在银河岸上行进着，四周飞舞着绚丽闪耀的磷光。看一看对面的车窗，外面的田野，仿佛是一幅美丽的幻灯片。田野上，有成百上千的三角形的标志，它们有大有小，图案也是多种多样。在大个儿的标志上，还可以看得到测量用的小旗子，旗子上还有红色的小点点。直到田野的尽头，都聚集了很多很多这样那样的标志和小旗子，满眼都是。从那些插满标志和小旗子的田野上，或者从更远的地方，还会呼呼地缭绕起冷冷的白色云雾。这些云雾都像是有浓有淡的狼烟，时而组成这种形状，时而又变成另外一种形状。狼烟似的云雾，变幻着，升腾着，背后是美丽的、桔梗色的太空。风儿是那么绮丽，却又是如此透明，裹满了玫瑰的幽香。

"看看这个，怎么样？这种苹果您还是第一次看到吧？"坐在对面的守塔人不知道什么时候拿出了几个大大的苹果。苹果的颜色太漂亮了，金黄色与宝石红相间着。守塔人生怕苹果会落到地上，用两只手小心翼翼地托着，放在膝头。

"啊!苹果是从哪儿来的?太漂亮了!这里的苹果都是这么漂亮的吗?"看起来,青年着实吃了一惊,一会儿眯起眼睛,一会儿歪着脑袋,全神贯注地端详着守塔人手上的那一捧苹果,都已经入迷了。

"哈哈,来来,快拿一个!别客气,快拿一个吧!"

青年拿了一个苹果,眼睛扫了一眼乔凡尼他们。

"来来来,两位小少爷,别客气,尝一个吧!"

"少爷"这个称呼,让乔凡尼觉得有些不愉快,他没有应声。康帕内拉说了一声谢谢。青年又拿了两个,伸手给两个孩子递了过来。乔凡尼接了以后,也站起来道了一声谢谢。

守塔人腾出了两只手,又给睡着了的小姐弟的膝头上,轻轻地轻轻地一人放了一个大苹果。

　　"太谢谢您了。这么漂亮的苹果是在哪儿产的呢?"

　　青年还沉醉在苹果的美貌中,禁不住问了起来。

　　"这一带当然也是有农业的。不过,不管种什么,大都一定会结出很棒的果实。所以,农活儿也就不那么辛苦了。一般来说,只要撒下自己想种的种子,之后果实就噌噌地自己长起来了。稻米也跟太平洋沿岸的一样。既没有谷壳,米粒也有一般的十倍那么大。不过,你们来的那个地方已经没有什么农田了。再说这个苹果啊,小点心什么的,吃到肚子里之后,一点儿残渣也留不下,都会化成淡淡的清香,从每个人的毛孔中飘散出来。不过,每个人的那种清香,又会多多少少有些不一样。"

　　猛然间,小男孩一下子睁开了眼睛。

　　"啊!我梦到妈妈了!妈妈在一个高高大大的书架前,上面还有好多好多的书。妈妈向我伸出手,还笑呵呵的呢,妈妈笑得可甜了。我就喊,妈妈,我去给你捡漂亮的苹果。刚说完,我就醒了……啊,这里是刚刚的火车呀。"

　　"你的苹果就在这呢,是这位叔叔送给咱们的。"青年说道。

　　"谢谢叔叔!哎,馨馨姐姐还没醒呢,我叫醒她吧。姐姐,姐姐,快看,有苹果,你快睁开眼睛看看。"

小姐姐咯咯地笑了,睁开了眼。光亮似乎有些刺眼,小姐姐用两手遮了遮眼睛,然后看到了苹果。小男孩像是见到了喜欢的苹果派一样,大口大口地吃了起来。削下来的苹果皮,颜色是那么美,卷曲着,旋转着,像是拔开软木塞的开瓶器一样。可是,苹果皮还没有落到车厢的地板上,就嗖的一下,化成了一股灰色的光晕,消失不见了。

乔凡尼和康帕内拉把漂亮的苹果小心翼翼地装进了口袋。

向银河的下游望去,可以看到对岸有一座茂密的大森林。森林里的树枝上都结着熟透了的果实。那些圆圆的果子,都是红彤彤的，亮闪闪的。大森林的正中央，立着一个特别特别高的三角标志。从大森林里，还传来了美妙的音乐。乐声太美了，简直没法用言语表达，像是管弦乐团的演奏，里面还萦绕着木琴那悠扬的声音。曲子像是溶化在了空气中，又像是浸染在了清风中，水波涌动一样，一阵一阵地流淌而来。

青年好像吃了一惊，身体开始颤抖了起来。

他不吭一声，只是倾听着那大森林的旋律。前面出现了一片广漠的田野，看上去又像是一块闪亮的地毯，上面纵横着金黄色与淡淡的绿色。好像有几个东西，像是白蜡流出的泪珠一样，从太阳的表面上掠过。

"啊！快看那些乌鸦！" 康帕内拉身旁的那个名叫馨馨的女孩欢呼了起来。

"什么乌鸦呀，这些都是喜鹊！"康帕内拉也没有想太多，可是他的声音听起来却有些像是在责难。乔凡尼扑哧一声笑了出来。女孩显得可难为情了。原来，在河滩冷冷的白光中，很多很多黑色的鸟儿排成了一排，正在沐浴着银河上微微泛起的光雨。

"是喜鹊，看它们小脑袋后面的翎毛，伸得多直呀。"青年打算缓和一下有点尴尬的气氛。

对岸大森林中，那高高的三角标志，已经来到了列车的正前方了。这个时候，从列车的最尾端，隐隐传来了一段熟悉的赞美歌，听起来像是有不少人在齐声合唱。青年的脸，唰地变得煞白。他猛地站起来，好像要去看个究竟似的，但转念一想，又坐回了座位上。馨馨小姐姐早已经拿手帕捂住了脸。就连乔凡尼，也仿佛觉得自己的鼻子变得酸酸的了。时间渐渐流淌，赞美歌的声音也变得越来越洪亮。有更多的人，加入了进来，开始吟唱。就连乔凡尼和康帕内拉，也一齐合唱起来……

渐渐地，对岸绿油油亮闪闪的橄榄树林，静悄悄地向列车的后方远去了——银河里的水，依然是无影无形。从大森林中流淌来的奇特音乐声,已经在列车的鸣动和风的吟唱中没有了存在感,变得十分微弱了。

"啊!竟然有孔雀!"

"嗯嗯,有很多呢。"女孩回答说。

这时,那一片大森林,已经变成了一枚小小的、翠绿色的贝壳纽扣。乔凡尼觉得,从大森林的上空,时不时有冷冷的白光在闪耀着。仔细一看,原来那是孔雀扇动着翅膀,反射过来的光线。打开,合上,打开,合上……

"对了,刚才还听到了孔雀的叫声呢。" 康帕内拉对小女孩馨馨说。

"嗯嗯,应该是有三十只左右,听起来像竖琴一样的声音,其实都是孔雀的叫声。"女孩回答说。

忽然,一股悲伤的情绪笼罩了乔凡尼的心,他也说不出来为什么。他甚至想摆出一副吓人的面孔,对康帕内拉说:"喂,康帕内拉,我们从车上跳下去玩玩吧。"

银河中间,出现了一座小岛。河水绕着小岛,分成了两股。黑漆漆的小岛上,正中间可以看到一座高高的建筑。可以看到那座建筑的屋顶上,站着一个男人,身穿一件肥肥大大的衣服,头上戴着一顶红色的帽子。那人的双手举着小旗子,一把是红色的,一把是绿色的。他正仰望着天空,打着旗语呢。乔凡尼远远地望着,看到他不停地晃着小红旗,然后又突然放下,藏到身后。接着,又高高地举起了绿旗。看起来,那个男人就像是一位交响乐团的指挥家,狂风暴雨一样挥舞着小旗子。于是,天空上响起了一阵"哗——"的声音,就像是下起了雨一样。然后,就看到一大片一大片黑乎乎的东西,像炮弹一样飞向了银河的对岸。乔凡尼兴奋了起来,把半个身子都塞到了车窗外,望着空中的那个方向。天空是那么深邃,泛着美好而温暖的桔梗色。那美丽天空的下方,竟然有成千上万只鸟儿,组成了一个个队伍似的,一边急匆匆慌慌张张地鸣叫着,一边从眼前飞了过去。

"鸟儿在往对面飞呢！"

"哪儿呢？哪儿呢？"康帕内拉也抬头看天空。这个时候，屋顶上那个穿着肥肥的衣服的男人，忽然举起了小红旗，像是精神错乱了一样，疯狂地挥动了起来。于是，鸟群们一下子就停止了行动。紧接着，就从下游的方向传来了啪的一声，像是什么东西破碎掉了一样。之后，就变得鸦雀无声了。没多久，那个红帽子的旗手又开始挥动起小绿旗，还传来了他的呼喊声：

"就是此刻，跨越银河吧，候鸟们！就是此刻，跨越银河吧，候鸟们！"一声一声，清清楚楚。与此同时，真的有几万只鸟儿组成的队伍，直直地飞了出去。

康帕内拉和乔凡尼，把小脑瓜都伸到了窗外。他们之间的玻璃上，映照着女孩子秀美的面庞。她的脸蛋上，也开始有了光芒，她抬着头，看着斜上方。

"啊！好多鸟儿啊！天哪，多美的天空啊！"女孩子试着想和乔凡尼说说话。可是呢，乔凡尼心里却想，真是个乱抒情的娇小姐。他继续望着天空，故意没有理她。女孩子轻轻叹了口气，默默地转身回到了座位上。康帕内拉觉得女孩子有点可怜，就把头缩了回来，假装看了看地图。

银河铁道之夜

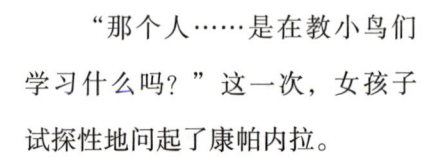

"那个人……是在教小鸟们学习什么吗?"这一次,女孩子试探性地问起了康帕内拉。

"他应该是给候鸟发着信号吧,一定是因为有的地方会飞起狼烟一样的东西,鸟儿们得小心一些吧。"康帕内拉回答的时候,也显得没有太大的把握。

之后,车厢里谁都不说话了,一下子变得异常安静。从刚刚开始,乔凡尼就想把头收回来了。可是,他又不想让自己痛苦的面孔,暴露在明亮的灯光下。于是,他还是保持之前的姿势站着,嘴上吹着没有调子的口哨。

为什么呢?我的心里为什么会这么不舒服呢?我真的应该让自己的内心里,装一些更美好的东西,应该让自己的心胸,变得更宽广一些。啊，对岸那些小小的蓝色的火花，就像是缥缈的烟一样，它们多么冷，多么静啊。我要好好地欣赏它们，我要让内心的波澜平静下来。

这么想着，乔凡尼用两手捂着滚烫得隐隐有些疼痛的脑瓜，向火花的方向呆呆地望着。

唉，难道真的不会有一个人，可以一直一直陪着我，走到天涯，走到海角吗？就连康帕内拉，都会和这么无趣的女孩子聊得那么开心，我的心里真的好难受。

乔凡尼的眼眶里，又盈满了泪水。就连眼前闪耀着的银河，看起来就像是逐渐在远离自己，渐渐变得模糊，变成灰白色了。

这个时候，列车真的离开了银河，开到了一处悬崖上。银河的对岸，也变成了黑乎乎高耸的峭壁。越往下游走，峭壁就变得越加险峻了。接着，眼前出现了玉米田。开始还很稀疏，巨大的玉米一晃而过。大大的叶子蜷缩着，叶子下面已经长出了漂亮的玉米了。玉米绿油油的，一个个都是那么健硕。它们吐出了红艳艳的玉米穗，露出了一些里面的玉米粒儿，像是一排排晶莹的珍珠一样。玉米的数量越来越多了，它们已经在悬崖与铁道之间，排好了整整齐齐的队伍。乔凡尼终于忍不住把脑袋瓜收了回来。他看了看对面的车窗外，发现在美丽的天空

银河铁道之夜

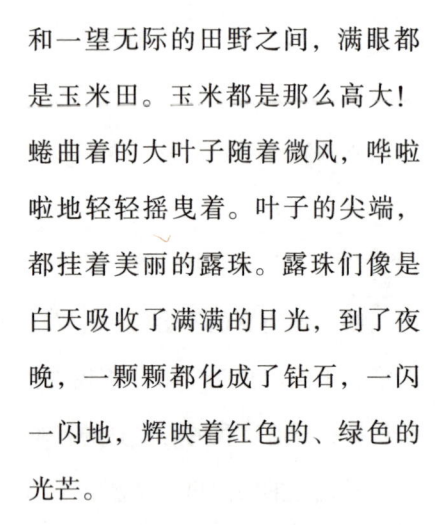

和一望无际的田野之间，满眼都是玉米田。玉米都是那么高大！蜷曲着的大叶子随着微风，哗啦啦地轻轻摇曳着。叶子的尖端，都挂着美丽的露珠。露珠们像是白天吸收了满满的日光，到了夜晚，一颗颗都化成了钻石，一闪一闪地，辉映着红色的、绿色的光芒。

"那些都是玉米啊！"康帕内拉对乔凡尼说。可是呢，乔凡尼的心情还没有完全平复，只是冷冷地扔下一句："那还用说。"

这个时候，列车渐渐安静了下来。经过了几个信号机，闪过了转辙机的灯光后，列车在一座小小的车站停稳了。

月台正面的大钟，指针正好指着两点。田野上的风，都藏起了自己的身影。轨道上的车轮,也不再滚动。只有那钟摆,嘀嗒嘀嗒嘀嗒地摇着;只有那指针,准确地记录着——原来,时间还在流逝。钟摆的嘀嗒声之间,从田野那遥远的尽头还传来一丝微弱的旋律,像是一根看不见的丝线,从远方飘荡而来。

"啊,是《新世界》交响乐。"小姐姐像是自言自语似的,朝着那个方向嗫嚅着。这个时候,一身黑衣的高个子青年,还有其他的乘客,几乎都已经进入了温暖的梦乡。

这世界多么恬静,多么美好啊,可……我为什么就不能更开心一些呢?为什么,只有我一个人显得那么不合时宜,那么孤单呢?可……都怪康帕内拉,明明是我的朋友,却一个劲儿地和那么虚伪的女孩聊天。我的心里,真的很不舒服。

乔凡尼又把大半个脸颊藏到了双手之间,呆呆地望着窗外。汽笛声响起了,那么清澈透明,像是无瑕的玻璃做成的。列车开始晃动了,康帕内拉吹起了《巡星之歌》,他怎么也显得有点落寞?

"噢噢,这一带已经是高原啦,这高度,可不一般呢。"从后面传来了聊天的声音,说话的人,听起来像是上了年纪的老者。大概是刚刚睡醒,语调一点儿也不拖泥带水。

"那些玉米呀,都是用木棍开的小孔,往里面撒种子的。

孔和孔之间啊,得隔开二尺,要不就活不了呢。"

"这么回事啊,这里距离河面已经相当远了吧?"

"对对对,起码有两千尺到六千尺吧,简直就是个大峡谷了。"

乔凡尼也这么想,这里的风景,大概和科罗拉多大峡谷是一样的吧。康帕内拉还在孤零零地吹着口哨。那个女孩和乔凡尼望着同一个方向。她的面颊,像是丝绸里包着的苹果,圆润而又富有光泽。

眨眼之间,列车又离开了玉米田。取而代之的是一片辽阔的黑色原野。从地平线的那一端,《新世界》交响乐滚滚涌来,听得更为清晰了。在黑色土地上,一个印第安模样的人,正朝列车这边奔跑着。他的头上，戴着天鹅羽毛的大帽子。手臂和胸前装饰着许许多多的小石子。他正举着一张小小的弓，箭已上弦。

"快看！一个印第安人！印第安人！快看哪！"

黑色衣服的青年也睁开了眼睛，乔凡尼和康帕内拉都站了起来。

"天哪，他快要跑过来了，快看，要接近了！他是不是在追我们哪？"

"不是的，他没有在追咱们的列车。他是在打猎，或者是他们独特的舞蹈。"青年好像还有些迷糊，仿佛忘记了自己身在何处。他双手插在口袋里，悠悠地说道。

孩子们仔细一看，那个印第安人真的好像在跳舞。为什么呢？因为如果真的要飞奔的话，步子明明可以迈得更大，也可以显得更用心、更用力一些。忽的一下，他头上白色的羽毛帽子向前摔落，印第安人急停下脚步。接着，他搭起弓箭，飞快地朝天上射去。下一秒，就有一只仙鹤轻飘飘地落了下来。印第安人向前跑了两步，伸开了双臂。那只仙鹤，就正好落到了他的怀里。印第安人站在那里哈哈大笑，显得开心极了。然后，他提着那只鹤，扭过头来目送着孩子们的列车。黑色原野上，他的影子越来越远，越来越小。

一闪，又一闪——那是电线杆上，小小的闪亮的绝缘块儿。之后出现的，又是大片的玉米森林了。看一看这边的车窗，飞驰的列车外，就是万丈深渊。深渊那么深，可是河面看起来还是那么宽阔，那么闪亮。

"对对对，差不多从这块儿就该下坡了。后边就一口气下到水面啦，那可真是不简单。这么陡的坡，火车想从下往回开都开不上来。瞧瞧，瞧瞧，速度起来了吧？"刚刚的那位老者的声音，又传了过来。

列车跑得更快了起来，向山下飞快地冲了下去。孩子们坐的车厢，走到了最高点。轨道突然向下延伸，一下子，视野变得特别特别开阔。亮闪闪的河流，就在正下方!

乔凡尼的心情,也渐渐变得明朗起来了。列车经过了一座小屋子,屋子前站着一个小男孩,显得没有什么精神。"喂!"乔凡尼看到小男孩的时候,还忍不住愉快地大声呼唤了起来。

列车越跑越快,车厢里的乘客们都向后倾斜着,就像被座椅的靠背紧紧吸住了一样。乔凡尼和康帕内拉相互对视了一阵子,两个孩子都咯咯笑了起来,心里的小阴云瞬间都消散了。银河就在列车的近旁了,仿佛也经历了激荡与奔腾,不时地闪烁着粼粼的波光,继续向前流淌。河岸边是一片淡淡的红粉。这里一簇,那里一丛,都是盛开的石竹花。列车的速度总算慢了下来,继续稳稳地向前行进了。

远近的岸边,立着一些小旗子。旗子上画着星星的形状,还有鹤嘴镐。

"那些……是什么旗子呀?"乔凡尼终于开始想要和人聊天了。

"那个呀,还真不太清楚……地图上也没写着啊。那里好像还停泊着金属大轮船啊。"

"嗯嗯。"

"是不是在架桥呀?"女孩子也插话了。

"哦哦！那是工兵的旗帜啊。是不是在演练架桥呢？可是……也没有看到有部队呀。"

这个时候，在银河的下游，靠近对岸的透明的水面上，忽然弹起一根高高的光闪闪的水柱，同时，还响了轰的一声巨响。

"在爆破！在爆破啊！"康帕内拉显得有些兴奋，一个劲儿手舞足蹈。

那根亮晶晶的水柱消失后，空中还有被炸飞起来的鲑鱼啦鳟鱼什么的，一条条的白色肚皮都一闪一闪地发着晶莹的光亮。鱼儿们在空中形成了一个大圆圈，接着又一齐落回到了银河中。乔凡尼的心情已经变得无比的轻松，他简直想在地板上蹦蹦跳跳了！乔凡尼兴高采烈地大声说：

"那一定是太空工兵大队！快看哪，那些鳟鱼！还有那么多种鱼，都被炸得那么高！这么愉快的旅行，我还是头一回呢，真的太棒了！"

"那种鳟鱼，在近处看得有这么大吧！水里肯定有好多好多的大鱼！"

"小鱼儿也会有的吧……"女孩子也想加入他们愉快的对话。

"会有的吧！大的都有呢，更不用提小的啦。不过，咱们离得太远了，肯定看不到小的。" 乔凡尼的心情已经没有一丝阴霾了。他笑呵呵地，故意逗着女孩子。

"那里一定是双子座的宫殿了！"小男孩突然指着窗外叫了起来。

在列车右首的小山岗上，并排坐落着两座宫殿，宛如水晶建造的。

"双子座的宫殿？那是什么呀？"

"我以前也听妈妈说过好多次。妈妈说，那是两座小巧玲珑的水晶宫，整整齐齐地排列在一起。一定是那两座。"

"再给我讲讲，双子座是怎么回事呢？"

"我知道，我也知道！双子星呢，他们去田野里玩耍，然后就和坏乌鸦吵起来了。"

"不是那样的啦!是这样的,妈妈说呀,双子星他们来到了银河的岸边。"

"然后彗星就飞来了,嘴里还大叫着'噶——噶——'!"

"好讨厌啊,塔塔!你说串了,那是另一个故事啊!"

"哦哦哦,我知道啦!我要讲!"

……

银河的对岸,猛然间辉映得通红。柳树和周围的一切,在漫天红光的映照下,好像都变得稀疏了。河水也时不时地闪着那红光,像是河面上有无数根火红的针一样。原来,对岸的原野上燃烧了一团亮红的巨火,正向桔梗色天空中喷吐着浓浓的黑烟,好像要把那铁一样冷冷的天空烤焦一样。那火焰，比红宝石还要血红，比燃烧的锂元素还要美艳，仿佛是喝下了千杯琼浆，燃烧得令人心醉。

"那火焰是怎么回事呀？燃烧什么才会出现那么红彤彤亮闪闪的火焰呢？"乔凡尼显得很感兴趣。

"那是天蝎座的烈火啊。"康帕内拉又把头埋进地图说道。

"啊，天蝎座的烈火，我也知道一些。"

"天蝎……烈火，到底是什么呢？"乔凡尼问女孩子。

"那是燃烧的天蝎，那火焰啊，烧啊烧啊，一直烧到了现在。爸爸跟我讲过很多次呢。"

"天蝎……蝎子就是昆虫吧？"

"嗯嗯，蝎子是昆虫，但它是特别特别好的昆虫。"

"才不是呢！蝎子可不是好虫子！我以前在博物馆看到过泡在酒精里的蝎子。它的尾巴上还带着一个这么大的钩子呢！老师说过，要是不小心被蜇一下，那是会死掉的。"

"是这样没错，可是天蝎真的是好虫子。爸爸那么说的。在很久很久以前，巴尔多拉的草原上有一只蝎子。它靠吃一些小虫子活着。有一天，一只黄鼠狼发现了这只蝎子，就要吃掉它。蝎子就跑啊跑啊，拼命地跑。可是，它还是跑不过黄鼠狼，

银河铁道之夜

眼看就要被抓到了。这个时候,前面突然出现了一口井。蝎子一下子就掉了下去,而且怎么爬都爬不出来了。蝎子就快要被井水淹死了,在临死前,蝎子祈祷说:'到今天为止,我害死了多少条小小的生命啊。今天,黄鼠狼追我的时候,我却还要拼命地想要逃掉。最后,却是这样的下场。唉,我真是太自私了。为什么我就不能二话不说,把自己的身体,送给那个饿着肚子的黄鼠狼呢?那样的话,黄鼠狼就能多活一天了。神哪,求求您,请您看一看我的心。请不要让我死得这样没有意义,如果有下一次生命,请您用我的身体,为大家带来真正的幸福吧。'说完,蝎子就发现自己的身体开始变得红通通的,开始燃烧起了美丽的火焰。它知道自己正挂在天空中,为漆黑的夜晚带来希望的光明。爸爸说,直到现在,蝎子还在努力燃烧着呢。真的,那一团烈火,一定就是它。"

"真的啊!快看快看!那里的三角标志上,正好画着蝎子的图案呢!"

乔凡尼发现,在那团巨大的火焰对面,有三个三角形的标志,就像是蝎子的手臂一样。烈焰的这边呢,还排列着五个三角标志,宛如蝎子的尾巴和钩子。而且,那一团巨大的天蝎烈火,燃烧得多么美好,多么静谧,多么多么光明啊!

火焰逐渐向列车的车尾远去了,与此同时,大家又听到了一片乱乱的声音。那声音里面,有乐曲声,有口哨声,还有人们说话谈天的声音。伴随着声音飘来的,还有小草花淡淡的清香。那些声音,应该已经离得很近了。大概是到了哪里的镇子或者村庄,大家正在热热闹闹地举办什么庆典吧。

"人马座,雨露落!"坐在乔凡尼身边的那个小男孩,刚刚本来已经睡着了,突然间,他朝着对面的车窗大喊起来。

啊,真的,车窗外有一棵绿绿的云杉,装饰得和圣诞树差不多,枝叶间挂了好多好多小灯泡,就像是聚集了一千只萤火虫一样。

"啊！对了，今晚是人马座的节日啊。"

"嗯嗯，这里可是人马座村庄。"康帕内拉马上接着说。

"投球的话，我可是百发百中呢！"

小男孩说话的时候，显得可骄傲了。

"很快就要到南十字星站了，我们准备下车吧。"青年对小姐弟说。

"我想再坐一会儿列车。"男孩子央求着说。

康帕内拉身旁的女孩子看起来有些心神不宁。她人虽然站起来，开始收拾行囊了，可是好像有些恋恋不舍，不想和乔凡尼他们分别似的。

"我们必须要在这站下车

了。"青年绷着脸，低头看着姐弟俩说。

"不嘛不嘛，我还要再坐一会儿再下车！"

"和我们一起继续坐下去吧，我们带着通行证，到哪里都可以呢。"

"不过，我们真的真的必须要在这儿下车了。这里有一条通往天堂的路。"女孩子的声音，听起来可孤单了。

"为什么非要去天堂呢？我的老师说过，我们要在这里，造出比天堂还要美好的世界。"

"可是……我们的妈妈在天堂啊。而且，这是神的旨意。"

"那些神哪，都是骗人的神。"

"你们的神才是只会撒谎的神呢！"

"才不是呢！"

"那，你们的神是什么样子的呢？"青年笑着问。

"说实话，我也不太清楚。不过，真正的神应该是唯一的。"

"真真正正的神当然只有一个了。"

"嗯嗯，唯一的真正的神。"

"所以，你看，咱们说的不就是一个意思吗？让我们真诚地祈祷，我们可以在你说的那位真真正正的神的跟前，再次与你们相遇。"

青年虔诚地交叉起双手，女孩子也做着同样的动作。大家的脸上，都是一种离别的伤感。甚至连脸色，看起来都失去了红润。乔凡尼强忍着泪水，险些就要大声哭出来了。

"好了，收拾得差不多了吧？马上就是南十字星站了。"

啊！就在这个时候，银河的下游，那无影无形的河水中央，出现了一个色彩斑斓的十字架。十字架像是参天大树一样矗立着，蓝色，橙色……天地间所有的颜色，所有的光泽，好像都汇聚在了这座十字架之上。十字架的上端，环绕着冷冷的白色的云，云儿散发着神秘的光晕。

整个列车上，都开始嘈杂了起来。和之前到达北十字星站时一样，乘客们纷纷站起来，开始祈祷。每一节车厢里，都可以听得到欢喜的声音，就像是孩子们夏天看到了甜丝丝的大西瓜时的那种喜悦，还有深深的叹息，那是一种无法言喻的发自内心的感叹。接着，十字架逐渐对正了车窗，十字架上环绕的云，颜色就像是守塔人送的苹果果肉，冷冷的白白的，还绕着十字架，轻轻地缓缓地飘动着。

"哈利路亚，哈利路亚！"车厢里回荡的祝福声，是那么阳光，那么愉悦。人们还听到，从那太空的深处，从那遥远冰冷的太空中传来了言语无法表达的喇叭声，那声音是如此令人神清气爽。

接着，在无数的信号机和明亮的灯光中，列车渐渐放缓了脚步，最后稳稳地停在了十字架的正对面。

"来吧，我们下车吧。"青年牵着男孩子的小手，向远处的车门走去。

"那么，就再会了。"女孩子走出几步，转过身子与乔凡尼和康帕内拉道别。

"再会。"乔凡尼努力控制着自己，他不想哭出声来。可是这样一来，他的声音却又变得那么生硬，似乎隐隐地还带有一些怒火。女孩子睁着一双大眼睛，里面满是痛苦和难受。她又回头望了望他们，接着就低头不语，慢慢走出了车厢。

车厢里的乘客，有一大半都下车了，车厢内一下子变得空荡荡的、冷冷清清的。风儿们，还不合时宜地灌满了整个车厢。

两个孩子望着车窗外，下了车的人们都在河岸边排成了整整齐齐的一条直线，虔诚地跪拜着南十字星。接着，一个身着一袭神圣白衣的人，渡过无影无形的银河之水，展开双臂，缓缓地向岸边的人们走来。

可是，这个时候，玻璃哨子的声音响起了，就要发车了。与此同时，从银河下游的方向，又唰地涌来了银色的雾霭。河岸边的一切，已经什么也看不清了。浓雾中可以看到的，只有无数片核桃树的叶子闪着光。带着金色光环的松鼠不时露出可爱的小脸,在树叶中四处张望。

此时,浓雾又唰的一下消散得无影无踪。列车好像开到了一条街道上,一排小小的电灯,正送来幽暗的光亮。这街道,不知道会通向何处,一直与轨道并肩前行着。每一盏灯火,似乎都在送来问候。每当两个人来到它们身边的时候,那小小的豆色的火焰,就会噗的一下熄灭。等他们过去了,火苗又会重新燃烧起来。

两个孩子回过头,发现刚刚的十字架,已经变得那么渺小了,真的就像是一个挂在胸前的项饰了。女孩子和青年他们,是还在银河岸边雪白的沙滩上跪拜呢,还是已经往天堂去了呢?

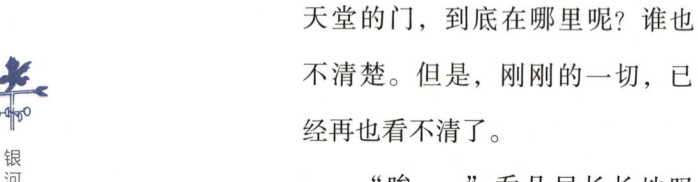

天堂的门,到底在哪里呢?谁也不清楚。但是,刚刚的一切,已经再也看不清了。

"唉——"乔凡尼长长地叹息了一声。

"康帕内拉,又只剩下我们两个了。无论到哪里,我们都一定要一起去啊!我已经决定了,我要像那只蝎子一样,如果能让所有的人找到真正的幸福,我宁愿让我的身体燃烧一百次、一千次。"

"嗯,我也是这么想的。"康帕内拉的眼眶里,盈满了纯净而美丽的泪珠。

"可是,真正的幸福到底是什么呢?"乔凡尼思索着说。

"我也不清楚……"康帕内拉也茫茫然不知该怎么回答。

"我们要好好加油啊!"乔

凡尼又长长地吐了一口气,像是胸中涌出了新的能量。

"啊!那里有一个黑洞,天空破了一个洞!" 康帕内拉一边用手指着银河的方向,一边往后退却着。乔凡尼往他指的方向一看,吓了一大跳。在银河的水面上,有一个乌黑乌黑的巨大的空洞。空洞深不见底,不论怎么揉眼睛,不论怎么仔细看,都看不清里面到底有什么。看着看着,眼睛还一阵阵刺痛了起来。

乔凡尼鼓足勇气说:"再黑暗的大洞我也不害怕。我一定会为了所有的人寻找真正的幸福。无论到哪里,我们都一定要一起啊!"

"嗯!一定要一起去!啊!看那田野多美啊!大家都在那里呢。那里真的是天堂吧。我的妈妈也在那儿呢!"突然,康帕内拉指着窗外一处遥远的田野,大喊了起来。

乔凡尼往那个方向一看,却什么也没有看到,那里只是白茫茫的一片,康帕内拉说的那些景与人,乔凡尼什么也没看见。一种说不出的落寞,笼罩在了乔凡尼的心头。他呆呆地望着那个方向,发现银河的对岸立着两根电线杆,上面还搭着一根红木。两根电线杆,像是在手拉着手一样。

"康帕内拉,我们一起去吧!" 乔凡尼说着,回过头来看康帕内拉。可是,明明刚刚还坐在眼前的康帕内拉,却不见了身影。空荡荡的座位上,只有黑色的绒面,反射着冷清的光。

乔凡尼像出膛的子弹一样跳了起来,为了不让其他乘客看见,他把身子伸出窗外,用尽所有的力气捶打着自己的胸膛,疯狂地叫喊着,哭号着……四周,已经是一片漆黑了。

* * *

乔凡尼睁开了双眼。原来,他太累了,在小山岗上的草丛中睡着了。不知道为什么,他觉得胸口滚烫滚烫的,脸上好像还留下了冷冷的泪痕。

乔凡尼像弹簧一样弹了起来。镇子和刚才没有什么不同,依然点缀着无数的灯火。只是,那些灯光好像显得更加温热了。刚才还在梦中漫步的银河也是老样子，白蒙蒙地挂在夜空中。只是南方的地平线上，银河显得更加朦胧了。河岸的右侧，天蝎座那颗火红的星星，依旧美丽地辉煌着。从位置上看，漫天的星斗似乎和刚才都没有什么不同。

乔凡尼飞快地跑下了小山岗，因为他想起来，妈妈还没有吃晚饭，妈妈还在家里等着自己。他满脑子都是歉意，用尽全力跑着。他跑过了黑色的松林，绕过灰灰的牧场栅栏，穿过门口，一口气跑到了昏暗的牛奶站前。

好像有人回来了，门前停着刚才还没有看见过的一辆车，车上载着两个大木桶。

"晚上好！"乔凡尼朝里面喊。

"来了！"一个穿着肥大的白裤子的人，快步走出来，站在了乔凡尼的眼前。

"有什么事吗？"

"今天的牛奶还没有送到我家……"

"啊，真的很抱歉。"那个人马上回到里面，拿出了一个牛奶瓶，递给了乔凡尼。

那个人接着笑着说："真是太抱歉了。今天中午，我糊里糊涂地忘了关上小牛的栅栏门了。结果这小家伙，愣头愣脑地跑到母牛那儿,一口气喝了一大半!"

"原来是这么回事呀。那就谢谢您了,我先回去了。"

"好的好的,请原谅请原谅。"

"您别客气。"

瓶子里的奶,还是暖暖的。乔凡尼用两只手包裹着瓶子,走出了牧场的栅栏。

乔凡尼走过镇子里的林荫道,来到了大街上。又走了一会儿,就来到了一个十字路口。右首的方向走到尽头,就是康帕内拉他们往河里放王瓜灯的小桥了。小桥的阁楼茫然地站在夜空中。

不同寻常的是,十字路口的街角上,还有店铺的门前,都七七八八地聚了一些人。大伙儿一边望着大桥的方向,一边交头接耳地小声说着什么。

　　一股莫名的寒流涌进了乔凡尼的胸膛。他突然大声问身边的人："发生什么事情了？"

　　"有孩子掉河里了。"一个人回答说。周围的人，也都一齐看向了乔凡尼。

　　乔凡尼什么都顾不得了，疯了似的往小桥的方向跑去。桥上已经站满了人，连河面都挡住了。连穿着白色制服的巡警，都闻声赶来了。

　　乔凡尼顺着桥的一侧，跑下了宽阔的河滩。

　　河滩的水边，有无数盏灯笼。那些灯笼，都前前后后地慌乱移动着。黑漆漆的对岸，也有七八盏灯火在晃动。

　　中间黑洞洞的河面上，已经没有什么王瓜灯了。只听得到潺潺的水声，灰灰的河水悄悄地流淌着。

　　下游的尽头，有一块沙洲连着河岸，那里黑压压地站着一群人。乔凡尼看得很清晰，就朝那个方向飞奔过去了。跑着跑着，乔凡尼远远地看到了马鲁索。马鲁索刚刚本来是和康帕内拉他们一起的，他看到乔凡尼，也赶紧跑了过来。

　　"乔凡尼，康帕内拉掉到河里了！"

　　"怎么回事？什么时候？"

"扎内利说,本来大家一起上船,他在王瓜灯的后面捅,好让灯漂得快一点儿。结果船一晃,他就掉到水里去了。康帕内拉就跳下去救他,他把扎内利推到船旁边,卡托拉住了扎内利,可一转眼,就找不到康帕内拉了……"

"大家都在找吗?"

"对,大家马上都过来了,康帕内拉的爸爸也赶来了,可是还是找不到啊……扎内利也已经回家了,他爸爸来接他了……"

乔凡尼往人群那个方向跑去。人群里有学校的学生,还有镇子里的人。中间围着的是康帕内拉的父亲。康帕内拉的父亲穿着一身黑色的衣服,尖尖的下巴,脸色冷冷的,有些发白。他站在人群的中间,右手握着手表,正死死地盯着表盘。

大家都看着河面，每一个人都默默地不出一声。

乔凡尼的心已经跳到了嗓子眼，两条腿颤抖个不停。

河岸边，很多很多盏捕鱼时会用的电石气灯，来来回回匆匆地闪烁着。昏黑的河水掀起小小的波纹，哗啦啦地流向远方。

下游的河面上，倒映着浩瀚的银河。仿佛地上的河流，已经变成那条无影无形的银河了。

乔凡尼由心底里觉得，康帕内拉已经到了那银河的尽头了。

不过，看大伙儿的表情，一定还是希望康帕内拉突然从某处的水波中，露出脑瓜来大喊"我都游了半天了"，或者他已经被冲到了下游某处不知名的小沙洲上，正站在那里等待有人来救他。

康帕内拉的父亲突然打破了沉默："放弃吧，从落水到现在，已经过了四十五分钟了。"

乔凡尼不由得跑到博士面前。

"我知道康帕内拉去哪儿了！我刚刚还和他一起旅行了！"

——乔凡尼想大声对康帕内拉的爸爸这么说，可是呢，一到要张嘴，却好像嗓子被堵住了，怎么都说不出来了。

博士以为乔凡尼是来问候自己的,目不转睛地盯着乔凡尼看了一会儿,接着用特别温和的语气说:"你是乔凡尼小朋友吧?今晚辛苦你了,谢谢。"

乔凡尼说不出来话,只能一个劲儿地鞠躬。

"你的父亲回来了吗?"博士紧紧地攥着表,问乔凡尼。

"没有呢。"乔凡尼微微摇了摇头。

"怎么会呢?前天他还给我发来一封信,看起来精神很不错呢。他在信上说,大约今天会回来。可能船开得慢了吧……乔凡尼小朋友,明天放学以后,和小伙伴们来我家做客吧。"说完,博士又抬起了头,呆呆地望着河面,那里依旧是满满的银河。

乔凡尼的心里百感交集,默默地离开了博士。他想赶紧把牛奶带给妈妈,他还想告诉妈妈,爸爸就要回来的好消息。乔凡尼头也不回,飞奔着离开了河滩,向镇子的方向跑去。

白头翁

你知道奈何草吗?

奈何草,植物学里叫作白头翁[1]。白头翁的花朵看起来那么温柔,那么有朝气,我总觉得不应该用"翁"来给她们取名字。

不过,要让我说白头翁是怎样的植物,我虽然隐隐约约地觉得挺清楚,可是一时又说不出来。

这种感觉,就像家乡的银柳一样。我们当地人,都把银柳的银色花骨朵叫作瓣舌,可瓣舌到底是什么,我也一知半解。总之,一听到瓣舌这个名字,我就好像看到了银柳的花骨朵,好像看到了上面那天鹅绒一样的银色绒毛,好像看到了初春那第一缕和煦的暖阳。跟这种感觉一样,一说到白头翁,我的眼前就能清清楚楚地浮现出一株毛茛科的植物,她

---

[1] 白头翁,毛茛科属多年生草本植物。春季开出深色的花,花呈钟状。花谢过后雌蕊会变成白色绒毛,像白胡子一样,所以被称为"白头翁"。——译者注

有黑缎子一样的花瓣，刻着纹路的泛白的绿叶子，柔柔软软的，看起来又像是银色的天鹅绒一样。到了六月，她还会长出闪闪发光的冠毛。

白头翁开出的花特别讨人喜欢，大红色的秋牡丹是她的表姐妹，铃兰草和山慈菇花是她的好伙伴。

你瞧，就像醇厚的葡萄酒看起来是黑色的一样，白头翁的花看起来也是黑色的。形状虽然有些奇特，但是多像一只用黑色锦缎编织起来的玻璃杯呀。咦？花朵下有一只爬来爬去的小蚂蚁。让我来问他一个问题。

"瞧瞧这白头翁，你是喜欢她，还是讨厌她呢？"

小蚂蚁快活地回答：

"可喜欢了，没有人会讨厌她。"

"可是，她开出的花可是黑乎乎的呢。"

"不不不，她有时候看起来是黑乎乎的，可是有时候呢，她看起来是红彤彤的，就像是燃烧起来的火花一样。"

"咦？在你们眼中，可以看到她这么美的样子呀？"

"不不不，我觉得呀，在太阳公公洒下光芒的时候，谁看她都会是红彤彤的。"

"啊，我明白了！一定是因为你们总是透过花瓣看天空。"

白头翁

"你看,她的叶子和茎也很好看啊,就像是生出了柔软的银丝线一样,不是吗?我的小伙伴当中如果有谁生病了,就会向她要一些银丝线,带回去轻轻地擦一擦身子。"

"原来是这样啊,看来,你们大家都很喜欢白头翁了?"

"那是当然。"

"好的,我明白了。小蚂蚁们,再见啦!回家的路上要小心哦!"

你看,就像这样,大家都很喜欢白头翁。

* * *

在对面很远很远的地方,有一片黑漆漆的柏树森林。森林里有一块空地,那里住着一个山男。这天,山男对着太阳,坐在地上的树干上。他好像刚刚捉到了一只鸟,正准备把小鸟撕成两半吃掉。可是,山男瞪着大眼睛,一动不动地盯着地面。他的眼珠是金黄色的,发着乌光。他好像把吃鸟的事情,都忘了个一干二净,这到底是为什么呢?

原来,空地的枯草丛中,有一株白头翁开出了花朵,正随风摇曳着,吸引住了山男的目光。

我不禁想起了去年的这个时候,那是一个清风习习的午后。

小岩井农场的南边,有七座平缓的小山丘,被称为七森。那天,我在七森西侧的尽头,看到枯草丛中有两株白头翁,已经开出了黑乎乎的、柔软的花朵。

耀眼的白云,分散成一片片小小的碎块儿,布满了天空,

白头翁

然后慢慢地、一刻不停地飞向了东方。

太阳被几片云朵遮住了身影,时而如同银色的镜子一样,闪着洁白的光,时而又像耀眼的大宝石,挂在如湛蓝湛蓝的池水一样的天空上,闪耀着灿烂的光辉。

山脉上白雪皑皑,阳光下闪耀着白光。眼前的原野上,满是黄色或是褐色的条纹。原野上处处散落着灰褐色的方格子,那是被开垦出来的田地,仿佛是大地上装饰着的布块儿一样。

天空中时明时暗,光与影像变魔术似的交错着。两株白头翁,用轻柔的声音聊着天,她们的声音,比梦中的喃喃细语还要和美。

"喂,你看,云彩还会挡住太阳公公的。瞧,那边的田地,已经被笼罩在影子里了。"

"云朵是奔跑着过来的啊,真快呀,大松树也变暗了,啊,影子已经越过松树了。"

"来了,来了!到咱们这儿来了!周围一下子就变暗了,好安静啊。"

"是啊,但是云朵已经开始从太阳公公底下飘过去了,很快还会亮起来的。"

"太阳公公要出来了。你瞧,周围又变亮了!"

"没用的,云彩还会再来的。这不,你看,那边的白杨树已经变暗了。"

"是啊,就像走马灯一样呢。"

"喂!你看,云彩的影子在山上滑雪呢!就在那儿!不过,看起来滑得比咱们这边移动得还要慢呢。"

"啊,它要从山上下来了。天哪,好快好快,快得就像从天上坠下来一样。这么快就到山脚了!咦,去哪儿了,怎么突然就不见了?"

"真是不可思议,云彩是从哪儿出来的呢?你瞧,西边的天空多么晴朗,还泛着淡蓝色的光呢,风儿也在天空中呼呼地吹着,可是却怎么也吹不走云彩。"

白头翁

"不对不对，云朵就是从那边冒出来的呀。你看，那边有好多小小的云碎片，一会儿就会变成大朵大朵的云彩的。"

"啊，真的真的！真的变大了，已经变得跟小白兔一样大了。"

"要跑过来了，好快啊，好快啊！又变大了，变得有大白熊那么大了。"

"大白熊又要挡住太阳公公了，要暗了，要暗了。哎呀，好好看哪！啊，那云彩边真是太漂亮了，像是用彩虹镶嵌的一样。"

这时，西边的远空中，一只云雀拼命叫唤着，被大风裹挟着，翅膀歪歪扭扭地，落到了两株白头翁的身旁。

"哎呀，今天风好大呀，可累坏我了。"

1. 御明神，地名，位于小岩井农场西南方雫石町。——译者注

"嘿,云雀先生,欢迎你呀。今天高空里的风一定很大吧?"

"是啊,风可大了。我的嘴稍微张大一点,风就灌进我的肚子里,就像吹进啤酒瓶一样,发出'呜呜'的声音,想叫一声唱一句,都是难上加难啊。"

"一定是那样的吧。可是呀,从我们这儿看,风儿可有趣了。我们真想飞到天上去玩玩呢。"

"现在可不是飞上天的好时候。再等两个月吧,到那时,不想飞也得飞呢。"

两个月过去了,我在去御明神[1]的途中,又顺道去了一趟七森的最西侧。

山丘已是绿油油的一片,紫草花就像孩子清澈的眸子。小岩井的原野上,牧草和燕麦在阳光下闪着明亮的光,风儿从南方徐徐吹来。

春天里的那两株白头翁,已经变成了两缕浓密的银色流苏。原野上的白杨树,翻动着银色的叶子,树根旁的小草青翠欲滴。这时,那两株白头翁顶着的银丝流苏,轻快地摇摆了起来,仿佛下一秒就要飞上天际。

云雀先生划过低空,飞到了小山丘上。

"今天是个好天气。怎么样,是不是迫不及待地想飞上天

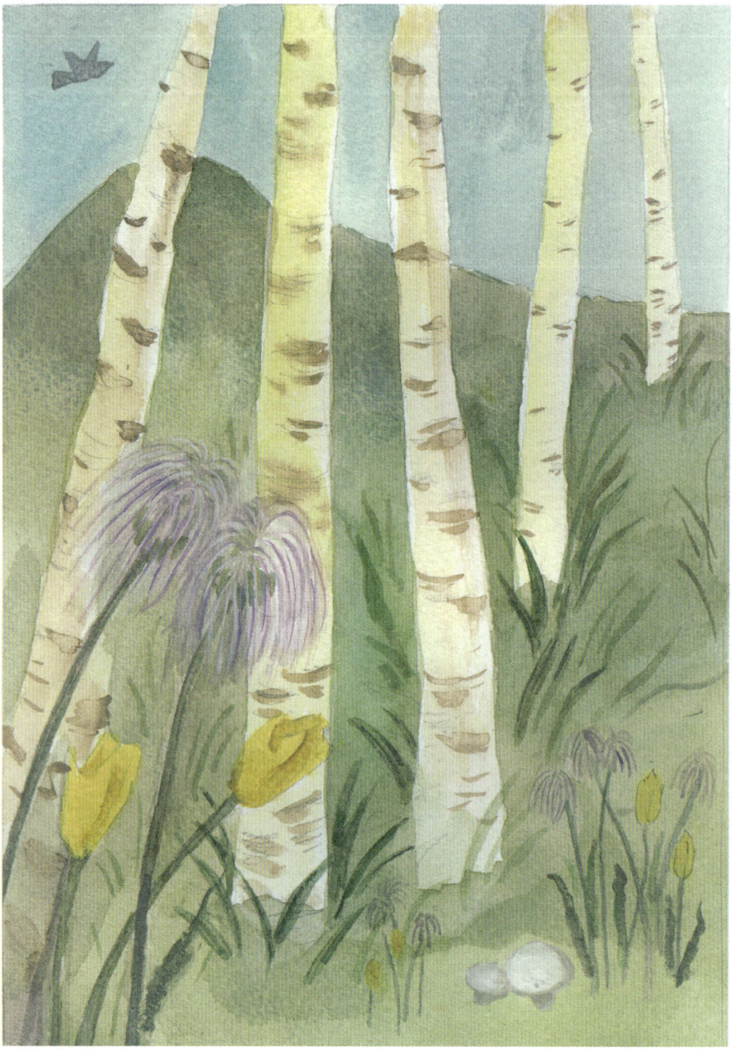

空了？"

"对呀，我们要去一个很远很远的地方。刚刚我们就一直在张望，到底哪一缕清风会带我们出发呢？"

"怎么？不想飞到远方去吗？"

"怎么会呢，我们要做的都已经完成了，该出发啦。"

"不会害怕吗？"

"不会呀，无论飞到哪里，太阳都会一直守护着这片原野的。就算我们分开了，哪怕是落在水洼里了，太阳公公都会一直注视着我们，保护着我们的。"

"是啊，没错。没有什么好害怕的。我也不知道，我在这片原野上还会停留多久。如果你们明年还在这里，我就在这儿筑巢。"

"谢谢你。啊，我的呼吸开始加速了。一定是风儿要带我们走了，云雀先生，再见。"

"啊，我也要走了。云雀先生，再见啦！"

"再会，多保重！"

一阵柔和的清风款款而来，掠过远处的白杨树，卷起青绿色的麦浪，然后拂上了山丘。

白头翁发着光，手舞足蹈地呼唤着。

白头翁

"再见啦,云雀先生。再见啦,伙伴们。太阳公公,谢谢您了。"

就在这时,夜空仿佛划过无数道流星,白头翁的身体化作了一根根银丝,闪烁着纯白的光,像一只只小飞蚁一样,朝着北方的天空飞走了。云雀嗖的一下飞上了天空,像是子弹一样,嘴上还唱了一句短小的歌谣。

* * *

我不清楚,为什么云雀没有飞向白头翁银丝飞去的北方,而是笔直地飞上了天空呢?

也许,是因为两株白头翁的灵魂飞向了天空吧。知道再也追赶不上她俩的脚步时,云雀便唱起了那支短短的送别歌谣,送给

1. 变星,亮度不稳定的、经常变化并且伴随着其他物理变化的恒星。——译者注

了两株白头翁。我想,飞上天空的两个小小的灵魂,一定变成了两颗小小的变星[1]。因为,变星有的时候是黑乎乎的,即使通过天文台都看不到。而有的时候,又像小蚂蚁说的那样,会散发出红彤彤的光芒。

狼之森林、篓筐森林和小偷森林

在小岩井农场[1]的北边,有四片黑松林。最南边是狼之森林,接着是篓筐森林、黑坂森林,北边的尽头是小偷森林。

这些森林是什么时候出现的呢?为什么会叫这么奇特的名字呢?黑坂森林正中间的那块大岩石,有一天神气活现地对我说:

"咱可是打从一开始,就对这些森林知道得一清二楚呢。"

很久很久以前,岩手山常常喷火,火山灰把那一带全埋了。这块黑黝黝的大岩石,也是在那时候从火山里喷出来,落到现在这块地方来的。

到后来,火山终于不喷火了。那些有穗儿的、没穗儿的草,就在原野上、山丘上渐渐生长开来了。由南向北,绿油油的,成片

[1] 小岩井农场,位于日本岩手县西部,岩手山南麓。——译者注

成片地铺满了那一带。后来，柏树和松树也长了出来，最后，长出了现在的这四片森林。但森林们还没有名字，他们也都不在乎——"我就是我嘛。"直到有一年的秋天，有一天，水一样清冷纯净的风，把柏树的枯叶吹得沙沙作响。岩手山戴上了雪做的银冠，上面清清楚楚地投映着黑乎乎的云影。

这一天，四个披着蓑衣的农民，身上牢牢地绑着砍柴刀、三齿耙、铁锄头——这些都是在山林里和原野上常常用到的农具。他们翻过东边那座火石堆成的嶙峋山岭，拖着沉重的脚步，走到了森林环绕的小小原野上。仔细看去，他们每个人的腰间还都佩着一把长刀。

打头的农民，看到眼前如梦如幻的景色，左指指，右指指，还叫其他几个伙伴看，嘴上还说道："我说什么来着，是个好地方吧？轻轻松松就能开垦出田地，这里离着森林又近，又有清澈的河流，日照也好。怎么样？我早就中意这块土地了。"

另一人接口说道："不过，这地恐怕不怎么样吧？"说着便蹲下身来，拔起一株芒草，把草根上的泥土抖在手心里，用手指捻了一会儿，又放到嘴里尝了尝，才说道："嗯，这地虽说不上是特别好，但差也差不到哪里去。"

"那最后咱们就定在这儿吧。"第三个人环顾四周，这样说

狼之森林、篓筐森林和小偷森林

道,他好像已经把这里当作家了。

"好,就这么定了!"一直站在旁边没开口的第四个人说道。

于是,四人兴高采烈,咚的一下,把行李一股脑儿全都卸了下来,向着来时的方向高声喊:"喂——喂——就是这儿了!快来——快来!"

听到他们的喊声,从对面的芒草丛中走来了三个农妇,背上都背着不少行李,双颊通红。再仔细一看,还有九个不到五六岁的孩子,吵吵闹闹地跟着跑了过来。

于是,四个男人各自朝着不同的方向,齐声喊:"我们可以在这儿种地吗?"

"可以——"四周的森林一齐回答。

四个人又喊:"我们可以在

这儿盖房子吗？"

"好啊——"四周的森林一齐回答。

四个人再一次齐声喊："我们也可以在这儿生火吗？"

"可以——"四周的森林一齐回答。

四个人又喊："可以送给我们一些木材吗？"

"好啊——"四周的森林一齐回答。

男人们高兴地拍起手来。刚刚还一声不吭，脸上一直很严肃的女人和孩子们，也一下子开心起来了。孩子们满心喜悦，忘乎所以地打闹着，女人们便啪啪地追打着孩子们，叫他们老实一点。

那天傍晚，一间茅草顶的小木屋已经盖好了。孩子们可欢乐了，围着小屋子又跑又跳。从第二天起，森林们便看到那些人像疯了一样，拼命在地里干活儿。男人们挥着锄头，一下一下地翻起原野上的杂草。女人们在原野上，把松鼠和田鼠没有藏起来的栗子采回了家。她们还砍下松枝，当作劈柴。没过多久，冬天就来了，天上下起了漫天的大雪，整个原野成了一片银色的世界。

为了让他们过得舒服一点，整个冬天，四周的森林都拼命抵御着从北方吹来的寒风。可是即使这样，小孩子们还是冷得

狼之森林、篓筐森林和小偷森林

不行,常常把冻得通红的小手放在脖子处取暖,一边哭一边说:"好冷,好冷啊……"

* * *

到了春天,他们又盖了一座小木屋,小木屋从一座变成了两座。

地里也种上了荞麦和稗子。荞麦开出了小白花,稗子也抽出了黑穗儿。那一年秋天,粮食算是成熟了,田地的面积也扩大了,小木屋也从两座变成了三座。大伙儿都高兴得不得了,连大人们走起路来也连蹦带跳的。

可是,在一个天寒地冻的早晨,不知怎么回事,九个孩子里年纪最小的四个,在天还没亮时失踪了。

大伙儿疯了似的四处寻找，可连个孩子的影子也没有见到。

于是大伙儿只好各自朝着不同的方向，齐声喊："谁知道孩子们在哪儿吗？"

"不知道——"四周的森林一齐回答。

"那我们就进去找了。"大伙儿又齐声喊。

"来吧——"四周的森林一齐回答。

于是，大伙儿便带着这样那样的农具，首先去了最近的狼之森林。刚进入森林，他们就感到一股潮湿的寒风和枯叶的气味扑鼻而来。

大伙儿脚步不停，继续前行着。

这时，森林深处传来一阵噼噼啪啪的声音。

大伙儿急忙上前一看，只见一堆澄净的玫瑰色篝火熊熊燃烧着，有九匹狼身形轻快、手舞足蹈地围着火焰在跳舞。

大伙儿慢慢靠近，竟然发现，先前不见了的四个孩子，正对着篝火吃着烤栗子和烤蘑菇呢。

狼们正唱着歌，好像夏天的走马灯似的，围着篝火转圈。

在狼之森林的正中间，

熊熊的篝火噼噼啪啪，

狼之森林、篓筐森林和小偷森林

熊熊的篝火噼噼啪啪，

圆溜溜的烤栗噼噼啪啪，

圆溜溜的烤栗噼噼啪啪。

大伙儿于是齐声喊道："狼大人，狼大人，请把孩子还给我们吧！"

狼吓了一跳，歌声戛然而止，所有狼都噘着嘴转头向大伙儿这边看去。

这时，火焰突然消失了，森林里一下子暗了下来，变得死气沉沉的。于是，原本在篝火旁的孩子们哇的一声哭了出来。

狼似乎不知道该如何是好，东张西望了一阵，最后一下子全都逃到森林的深处去了。

大伙儿见状,便拉起孩子们的手,想要走出森林。这时候,听到森林深处传来狼们的喊声:"请不要生气,也不要把我们想得那么坏。我们请孩子们吃了很多烤栗子和烤蘑菇呢。"

大伙儿回小木屋后,就做了好多的小米饼,送到狼之森林,当作谢谢狼们的礼物。

* * *

春天到了。孩子变成了十一个,而且又添了两匹马。田地里用野草、枯树叶和马粪做肥料,谷子和稗子都长得绿油油的。而且,收成也很好。

秋天快要过去的时候,大伙儿从来都没有那么高兴过。

可是呢,一个寒冷的早上,地上冷得都能凝结出冰花,发生了这样一件事。

这一年,大伙儿依然开垦了荒地,扩大了田地。所以,这个早晨也要下地干活。可是呢,大伙儿一找农具,发现每家每户的砍柴刀、三齿耙、铁锄头,全都不见了。

大伙儿在附近找了半天,可怎么也找不到。没有法子,只

狼之森林、篓筐森林和小偷森林

1. 山男，日本神话中经常出没于山中的怪人。裸体多毛，多为白发老人模样。身躯高大有力，性格温和，多怀报恩之念。——译者注

好各自朝着不同的方向，齐声喊："谁知道农具在哪儿吗——？"

"不知道——"四周的森林一齐回答。

"那我们就进去找了——"大伙儿又齐声喊。

"来吧——"四周的森林一齐回答。

大伙儿这次什么也没带，一个跟一个地走进了森林。首先是离得最近的狼之森林。

刚走进森林，立刻出来了九匹狼，都一脸认真，不停地摆手说："没有，没有。绝对没有，没有。要是别的地方也找不到的话，你们再上这儿来吧。"

大伙儿也觉得在理，便去了西边的篓筐森林。渐渐地，大伙儿走到了森林深处，发现在一株

古老的柏树下,趴着一只用树枝编成的大篓筐。

"这东西很是可疑呀,篓筐森林里有篓筐,倒说得过去,可里面有什么却不知道,我们翻开看看吧。"大伙儿说着,翻开那个篓筐一看,果然,先前不见的九把农具,好端端地在里面放着。

不仅如此,正中间还盘腿坐着个山中的妖怪,金黄色的眼珠,脸色通红。山男[1]一看见大伙儿,便张开大嘴叫了一声:"呔!"

孩子们尖叫着想要逃跑,大人们却一动不动,齐声说道:"山男,今后请不要恶作剧了,拜托拜托,今后请不要恶作剧了。"

山男站在那里搔着脑袋,看上去好像很过意不去。大伙儿各自取回自己的农具,就要往森林外走。

这时,山男在森林中大声喊:"也给俺带点小米饼来吧!"说完一转身,两手抱着头,就往森林的深处跑去了。

大伙儿哈哈大笑,回到了小木屋。然后又做了小米饼,给狼之森林和篓筐森林送了过去。

* * *

转过年来,到了夏天,原野上的平地,已经都变成了农田。

狼之森林、篓筐森林和小偷森林

田间既有小木屋,又有大仓库。而且马也从两匹变成了三匹。

那年秋天的收成特别喜人,大伙儿都开心极了。

大伙儿盘算着,今年的小米饼,想做多大就能做多大了。

就在这个时候,又发生了一件奇怪的事。

一个满地结霜的早晨,仓库里的小米竟然全都不见了。大伙儿可担心了,在四周跑来跑去找了半天,却连落在地上的一粒小米也没找到。

大伙儿垂头丧气,各自朝着不同的方向,高声喊:"谁知道小米去哪儿了——?"

"不知道——"四周的森林一齐回答。

"那我们就进去找了——"

大伙儿又齐声喊。

"来吧——"四周的森林一齐回答。

大伙儿各自拿着家伙,先去了离得最近的狼之森林。

九匹狼已经从森林里出来,等在那里了。狼们一看到大伙儿,扑哧一声笑了,说:"今天又能吃到小米饼了。这儿没有什么小米,没有,绝对没有。要是别的地方也找不到的话,你们再上这儿来吧。"

大伙儿觉得在理,便折回来,去了篓筐森林。

这个时候,红脸的山男已经从森林口出来,嘻嘻笑着说:

狼之森林、篓筐森林和小偷森林

"能吃小米饼咯,能吃小米饼咯!我绝对没拿呀,要找小米的话,最好再往北走走。"

大伙儿听了觉得在理,便来到了北边黑坂森林的入口。告诉我这个故事的大岩石,就在这片森林里。

大伙儿对着森林喊:"请还给我小米吧,请还给我小米吧。"

黑坂森林也不现形,只是传出了一个声音:"天蒙蒙亮的时候,我看到天上有黑乎乎的大脚,向北边飞去了。再往北找找看吧。"黑坂森林提都没提小米的事。我也觉得,一定是这样的。为什么呢?因为黑坂森林的性子就是那么直爽——给我讲完这个故事的时候,我把怀里仅有的七文铜钱都拿出来,想要谢谢大岩石和森林,可是黑坂森林却怎么也不肯收下。

大伙儿觉得黑坂森林说得也很在理,便继续向北走了一阵。

小偷森林生长着的松树,从上到下都是黑漆漆的。大伙儿都说:"听名字就像是小偷。"然后走进了森林。大伙儿怒吼道:"喂,还我小米,还我小米!"

于是,从森林深处走出来一个特别特别巨大的男人,他的胳膊又黑又长。男人撕扯着喉咙怒吼:"你们瞎嚷嚷什么?敢说老子是小偷?谁这么说,我要把他打成肉酱!你们到底凭什么这么说!"

大伙儿大声回答:"我们有证人,我们有证人。"

"是谁?畜生!说这话的是哪个混账?"小偷森林咆哮着。

"是黑坂森林!"大伙儿也不示弱,大声喊道。

"那个混账说的话一点儿也靠不住——靠不住——靠不住——靠不住!畜生!"小偷森林怒吼道。

大伙儿又觉得在理,又觉得害怕,你看看我,我看看你,都想要赶紧逃跑。

这时候,头顶上突然传来一个清晰而庄严的声音:"不可以,不可以,这可太不像话了——"

大伙儿一看,那正是戴着银冠的岩手山。这时候,小偷森

狼之森林、篓筐森林和小偷森林

林里的黑色巨人，一下子抱着脑袋倒在了地上。

岩手山平静地说道：

"没错，偷东西的就是小偷森林。天蒙蒙亮的时候，我借着东边天空的日光和西边天空的月光，看到了这一切。不过，大伙儿已经可以回去了，我一定会让他把小米还回去的。所以，请不要介意，小偷森林大概太想自己做小米饼尝一尝，这才偷来了小米。哈——哈——哈。"

接着，岩手山又全神贯注地面向天空了。这时候，黑色巨人已经消失了。

大伙儿目瞪口呆，你一言我一语地回到了小木屋，只见小米已经完好无损地被送还到了仓库里。于是，大伙儿又笑逐颜开地做了小米饼，带去送给了四片森林。

而且，大伙儿给小偷森林送去了最多的一份儿。不过，听说小米里呀，多多少少混进了一些森林的泥土，但这也是没法子的事吧。

从那以后，森林们就和大伙儿成了好朋友。而且每年一入冬，他们一定会收到大伙儿送的小米饼。

不过，黑坂森林正中间那块黑黝黝的大岩石，最后对我这样说——这年头，小米饼变得比以前小多了，可这也是没法子的事儿呀！

虔十森林公园

虔十,他总是将一根绳子做的腰带束在身上,笑呵呵的,在神社的树林里,或是田地间缓缓地散步。

他看到雨中苍翠的灌木丛,便会高兴地眨巴眨巴眼睛;他看到蓝天中自在翱翔的雄鹰,就会跳起来拍着手,好让大家也知道。

可是,孩子们很是看不起虔十,总嘲笑他。所以呢,虔十也就渐渐地控制着自己,板起了一副面孔。

每当风呼啸而过,山毛榉的叶子沐浴着光泽的时候,虔十欢喜得实在不行,忍不住都要一个人笑出声来了。这种时候,他就会强忍着兴奋的心情,强迫自己张大嘴巴,只"哈——哈——"地呼气,好瞒过其他人。同时呢,他还会一边久久地、久久地呆呆站着，仰头凝望着山毛榉树的枝叶。

有时候，他还会假装那大张的嘴角有些痒痒，就一边用手指搔着，一边"哈——哈——"地，只用气息来代替笑声。

从远处看去，虔十的样子的确像是在挠着嘴角，或是在打着哈欠。可是，到近前看一看的话，当然还是能听到气息发出的笑声，而且，还能看到他的嘴唇也在一颤一颤的。孩子们当然明白这是怎么回事，所以，还是会继续嘲笑他。

如果阿妈发话，虔十可以挑来五百桶水。或者，可以在田里除一整天的杂草。可是，虔十的爸爸和妈妈从来都不让他去做那些事情。

虔十家的屋后，正巧有一片运动场大小的草地，那里还没有被开垦为农田。

有一年，山顶上还盖着白雪，原野上的新草还未发芽的时候，家人们都在翻地，着手准备春耕。这时候，虔十突然跑到他们面前，说：

"阿妈，请给我买七百棵杉树苗。"

虔十的阿妈放下手中闪闪发亮的三齿耙，盯着虔十的脸，问他：

"七百棵杉树苗？要种在哪里呢？"

"就种在咱家后面的那片草地上。"

这时候，虔十的哥哥说道："虔十呀，那里可是个连杉树都长不起来的地方呢。你不如来帮我们翻翻地吧。"

虔十觉得很难为情，不知所措地低下了头。

这时，虔十的阿爸在远处边擦汗边挺直了身子，说道：

"给他买吧，给他买吧。虔十这小子呀，到现在还一次也没有求过咱们什么呢。给他买吧。"

听了这话，虔十的阿妈心里放下了一块石头，会心地笑了。

虔十高兴极了，一口气就跑回了家。

回到家里,他从仓库里拿出铁锄头,开始嘭嘭地翻起了杂草,挖起了栽种杉树苗的小树坑。

　　虔十的哥哥也随后赶过来了,他见状以后,对虔十说:"虔十呀,种杉树的时候,必须先松土,杉树苗才能长大呢。你等到明天,我把树苗给你弄来你再干吧。"

　　虔十听了哥哥的话,又觉得很难为情,轻轻地放下了锄头。

　　第二天,天空一片晴朗,山上的积雪白得发亮,云雀飞到很高很高的天上,叽叽咕、叽叽咕地歌唱着。虔十已经忍不住了,这一次,他按照着哥哥教给他的法子,咯咯笑着从平地的北边开始挖树坑。他挖出的每一排,都笔直笔直的,排与排之间的间隔,也都是一样长。虔十每挖好一个树坑,他的哥哥就往里面栽下一棵小树苗。

　　草地的北侧,紧邻着平二家的农田。虔十和他的哥哥正在种树苗的时候,平二嘴上叼着烟袋,两手揣在怀里,像是怕冷似的缩着脖子走了过来。平二虽然也做些农活儿,但他这个人呢,平日的一些举动会让别人觉得有点讨厌。

　　平二对虔十说:

　　"哎呀,虔十!这里怎么能种杉树呢?我就说你脑瓜儿够笨的。再说,你一种树,树荫不就把俺种的地给遮住了吗?"

虔十涨红了脸，想要说些什么，但又说不出什么，只是不知该怎么办好。

于是，虔十的哥哥向平二打了声招呼：

"平二先生，您够早的啊。"说完便走了过去。平二没法子，嘴里嘟嘟囔囔地发着牢骚，慢腾腾地走开了。

嘲笑虔十在那片草地上种杉树的，可绝不止平二一个人。"那种地方绝对养不活什么杉树的呀。""地底下全是硬黏土呢。""果然是傻到家了。"……大家七嘴八舌地议论着虔十。

事实上，大家所说的一点儿也没有错。过了五年，杉树细细的树干还是隐隐泛着青色，直直地朝向天空。在那之后，树冠才渐渐变

---

1. 尺，长度单位，1尺约合33.3厘米。——译者注

圆了。到第七年、第八年的时候，杉树们也才只有九尺[1]来高。

一天早晨，虔十站在自己的树林前。一个农民上前打趣道：

"喂，虔十！你不给那些杉树修剪修剪枝叶吗？"

"什么是修剪枝叶呢？"

"修剪枝叶呀，就是用砍柴刀，把靠下面的枝杈都砍掉。"

"那我应该修剪修剪枝叶。"

说完，虔十便跑去拿了砍柴刀来。

接着，他从小树林的一头开始，一棵一棵，噼里啪啦地砍掉了靠下的枝杈。然而，杉树们都只有九尺高，虔十不得不弓着身子，费力钻到树下才能砍到。

到了傍晚，每一棵树都只剩了顶上的三四根树杈，其他的都被虔十砍得干干净净。

浓绿的树枝，铺满了杉树林脚下的草地，抬头看看，那小树林已经变得光秃秃的了。

虔十看到一棵棵树都显得孤零零的，不知怎么的，心里突然觉得难受起来，胸口也一阵阵地掠过难以形容的痛。

这时候，虔十的哥哥正好从田地里回来。他看到小树林，不由得扑哧笑了。哥哥显得心情很好，他对呆呆站在那里的虔十说：

"嘿,快捡树枝吧!一下子有了这么多上好的柴火,树林也变得精神了!"

听了哥哥的安慰,虔十的心里终于感觉舒服了一些。于是,他和哥哥一起钻到杉树林下,把砍落的树枝全都捡了起来。

杉树林下的小草,矮矮的,很整齐,看上去就像是神仙们下棋的天堂,显得特别好看。

第二天,虔十正在仓库里挑拣着被虫子咬过的大豆。这时候,他猛然听到从杉树林那边,传来了吵吵嚷嚷的声音。

号令声、喇叭声、踏步声,此起彼伏,还有打雷一样的哄笑声,感觉整个林子里的小鸟,都能被一下子吓跑……虔十被吓了一大跳,赶忙往树林那边跑,要去看个究竟。

原来，在小树林里，竟然有五十多个刚放学的孩子，他们排成了一长串，迈着整齐的步子，在杉树与杉树之间走队列。

一排一排的杉树，本来就整整齐齐，树与树之间，像极了四通八达的街道。那些小杉树，仿佛穿着青色的制服，正在行进的队伍一样，孩子们在里面别提有多开心了。大家的小脸蛋，都红扑扑的，一个个都像伯劳鸟一样欢叫着，走在一排排的杉树间。

很快，那一排排的杉树小道，都有了自己的名字——东京大街、俄罗斯大街，还有什么西洋大街。

虔十也特别开心，他躲在杉树林的这一头，张开大嘴，"哈——哈——"地笑了。

从那以后，孩子们每一天都会聚在这里玩耍。

只有下雨的日子里，孩子们才不会来。

在那样的日子里，雨水从纯白而温和的天空中哗啦啦落下。在雨中，虔十会独自一个人站在树林边，浑身都被雨水淋透了。

"虔十先生，今天也给小树林站岗啊。"披着蓑衣的路人笑着对他说。

小杉树们都结了果实，颜色灰灰的，像老鹰的羽毛一样。

虔十森林公园

苍翠欲滴的树梢上，澄澈清冷的雨珠啪嗒、啪嗒地往下坠着。虔十张大嘴巴，"哈——哈——"地笑着。在冷冷的雨中，他的身上腾起了白汽。可是，他还是久久地站在那里。

然而，在一个大雾弥漫的清晨，虔十在草场上，冷不防地撞上了平二。

平二左瞧瞧右看看，发现周围没有人，于是，他摆出了大灰狼一样凶狠的表情，对着虔十咆哮："虔十，把你那些烂杉树给老子砍掉！"

"为什么呢？"

"树荫挡住老子的田了！"

虔十默默地低下了头，树荫确实多少挡了点平二的田，可进入田里的杉树影子，只有不到五

1. 寸，十分之一尺，约3.363厘米。——译者注

寸[1]。而且，不管怎么说，杉树林还抵御了南来的大风呢。

"砍掉，砍掉！你砍不砍？"

"不砍……"虔十抬起头，显得有些害怕。他的嘴角抽搐着，像是马上就要哭出来似的——这一次，其实是虔十在一辈子里，唯一一次说出违抗别人意愿的话。

可是，平二却觉得连老实巴交的虔十都没把自己放在眼里，他噌的一下就火了，肩膀一晃，猛地一拳就打在了虔十的脸上。一拳，又一拳，重重地打在了虔十的脸上。

虔十用手捂着脸，一声也不吭，任由平二打他。终于，整个脸颊上都显出了乌青，虔十的身体也晃晃悠悠的，有些站不住了。到了这时候，平二似乎也开始有些害怕，急忙收了手，两臂抱在胸前，迈着大步走进了雾中。

那一年的秋天，虔十染上伤寒，病死了。

巧合的是，平二是在十天前死的，也是因为伤寒。

不过，孩子们可管不了那么多，他们还是每一天都会聚在杉树林里玩耍。

故事加快了脚步。

又过了一年，村里通了铁路，距离虔十家东边三四百米远的地方，建起了一座停车场。这里那里，出现了一座座大型的

虔十森林公园

陶瓷厂、纺织厂。村里很多旱田和水田都荒废掉了，人们在田地上盖起了新房。不知何时起，村子已经完完全全变成个小镇的模样了。可是不知为什么，小镇里头，只有虔十的杉树林还保留着原样。那些小杉树，终于长到了一丈[1]多高。孩子们呢，依然会一天又一天地聚在那里玩耍。学校就建在树林的近旁，孩子们就把那树林和树林南侧的草地，当作学校的第二块操场了。

虔十的父亲已经满头白发了。按道理，也应该是这个样子了，虔十已经死了将近二十年了吧。

一天，一位年轻的学者，时隔十五年又回到了自己的故乡。如今，他已经是美国某所大学的教授了。

1. 丈，十尺，约3.33米。——译者注故乡的景色完全变了样儿，哪里还有从前的那些田地和森林呢？连镇子里的人，大多都是从外地搬来的新面孔。

有一天，这位学者还是应小学校长的邀请，在讲堂上给大家讲起了异国的故事。

演讲结束后，学者随校长等人来到了操场，然后走向了那片虔十的杉树林。

年轻的学者忽地愕然了，扶了好几次眼镜，最后，他半是自言自语地说："啊啊，这里全是老样子，连树也和以前一模一样，好像反而变矮了呢。孩子们还在里面玩耍。啊！我和我从前的伙伴会不会也在里面呢？"

突然间，学者仿佛忽然想起了什么，笑容满面地对校长说：

"这里现在是学校的操场吗？"

"不是不是，这块地是对面那户人家的。不过，那家人任着孩子们聚在这里玩耍，一点儿也不介意。所以，这里简直跟学校的操场差不多了，可实际上并不是的。"

"那可真是神奇的一家人，究竟是怎么一回事呢？"

"据说呀，这里变成小镇以后，大伙儿都劝他家把树林卖掉吧，卖掉吧。可是那家里的老人却回答说，这树林是虔十唯一的遗物，不管日子多么艰难，也不会卖掉这里的。"

虔十森林公园

"啊啊,我想起来了,想起来了。有过那么一个人,我记得他叫虔十,我们几个总觉得他缺根筋似的,总是'哈——哈——'地笑着,每天就站在这儿,傻傻地看着我们玩耍。据说这些杉树,也都是他一个人种下的。啊啊,真是分不清楚,到底是谁聪明,谁愚蠢啊。只是,一切的一切,都是神明的力量吧,太不可思议了。这片树林,永远都是孩子们美丽的森林公园了。把这里命名为'虔十森林公园'怎么样?这样,就能永远永远保留下来了。"

"您说得太对了,这样一来,孩子们不知有多幸福呢。"

于是,大家开始行动了。

在草地的正中间,在孩子们的树林前,一座刻着"虔十森林公园"的青色橄榄岩石碑立起来了。

从前，在那所学校念书的学生，如今很多都有了出息。有的成了检察官、军官，有的在国外有了自己的小农场。他们纷纷往学校寄了感谢信和汇款单。

虔十家的人可开心了，高兴得流下了喜悦的眼泪。

在这座森林公园里，有墨绿杉树的秀美、怡人的清香、夏日的阴凉，还有月光色的草坪。从那以后，杉树林教会成千上万的孩子，什么是真正的幸福！如果想知道到底有过多少孩子，这是怎么数也数不清的。

每逢下雨的日子，澄澈清冷的水滴都会滴答、滴答地坠到矮矮的草地上。每逢晴天，太阳公公又都会放出万丈光芒，吐出新鲜而又纯净的气息，沁人心脾——这一切，都与虔十活着的时候一模一样。

青蛙的橡胶靴

一条深深的小河，穿过松树林和橡树林，缓缓向远方流去。河岸边大片大片茂密的荆棘、鸭跖草和蓼子草，紧紧簇拥在一起，青蛙康康的家就在那十几株鸭跖草下面。

青蛙敏敏住在那树林中的一棵橡树底下。

而青蛙瓶瓶，则住在树林对面的芒草丛背阴处。

三只青蛙，不仅岁数一般大，个子也差不多，就连性格都大同小异——每一只都是狂妄自大，而且还喜欢调皮捣蛋。

在一个夏天的傍晚，青蛙康康、敏敏和瓶瓶聚在一起，坐在康康家门前的漆姑草广场上赏云。青蛙本来就特别喜欢看夏日空中飘浮着的云峰[1]。

那白白的、蓬松柔软的云峰，

---

1. 云峰，夏季像山峰一样在空中高耸的云朵，又称为入道云。——译者注
2. 嘿啰，青蛙的语言，意思是人类。——译者注

好似一块晶莹的石英石,又仿佛温润的玉石,抑或是像由蛋白石雕刻而成的葡萄形装饰,不管是谁见了,都会感叹这云朵的美。而在青蛙们的眼中,云峰更是美得妙不可言。不管看多久,怎么看都看不厌。云峰之所以能得到青蛙们的这般青睐,是因为它看起来既像是青蛙的脑袋,又像是春天里青蛙妈妈产下的卵。和日本人喜欢观花赏月一样,在青蛙的世界中,大家都喜欢"赏云"。

"这云真的好美呀!你们看,云慢慢变成蘑菇的形状了!"

"真的呢,还是淡淡的金色呢,让人不禁想到永恒的生命啊。"

"那——可是我们的理想目标啊!"

云峰慢慢变成了蘑菇的形状。蘑菇形状的云,对于青蛙们来说,是非常高尚的东西,这在蛙界算是常识。云峰逐渐退去、散开,而四周,也已经变得十分昏暗了。

"最近呀,嘿啰[2]他们正流行穿橡胶靴呢。"

"好像是的呢,经常看到他们穿着橡胶靴呢。"

"我们也好想穿啊!"

"就是啊,好想穿啊!穿上那个的话,还怕什么扎扎的栗子皮,简直是天不怕地不怕了。"

"好想要啊!"

青蛙的橡胶靴

"有办法弄一双来吗？"

"也不是没有办法啦。只是我们的脚和嘿啰的脚，大小形状都不一样，所以我们要穿的话，也得修改过以后才能穿呢。"

"嗯！那是自然。"这个时候，云峰已经完全散开了，周围被染上了一层藏蓝色。"再见咯。"青蛙瓶瓶和敏敏向康康道别后，跃入林间小河，划着水，潇洒地游回家去了。

* * *

小伙伴走后，青蛙康康抱着胳膊想起了办法来。黄昏到了，桔梗色[1]从天际漫开，洒满大地。

想了好长时间，康康终于呱呱地叫了两声。只见他迈开大步，

1. 桔梗色，这里借指天色已晚，天空已被夕阳染成了桔梗色。——译者注

嗒嗒嗒地穿过草原，来到了田野上。

到了以后，康康细声细气地召唤道：

"田鼠先生！田鼠先生！喂——喂——"

"嗯，在！"田鼠嗖的一下出现在了青蛙的面前。那张灰蒙蒙的脸，已经在暮色的衬托下，暗得有些看不见了。

"田鼠先生，晚上好！我想拜托您帮个忙，您能听我讲讲吗？"

"好啊，什么忙你说吧。还记得去年秋天，我吃荞麦团子，结果染上了伤寒，那个时候，我已经快不行了，当时幸好你陪在我身边，像亲人一样悉心照顾我，这份恩情，我又怎么会忘记呢？"

"是吗？如果是这样，那我可以麻烦您帮忙弄来一双橡胶靴吗？什么形状的都行。拿回来后，我会再修改一下的。"

"没问题！明晚之前，我一定给你送来。"

"哎呀，真是太谢谢您啦！那就麻烦您了，再见！"

青蛙康康高高兴兴地一路蹦蹦跳跳地回了家，爬上床进入了甜蜜的梦乡。

第二天晚上。

青蛙康康又来到了田野上，用温柔的声音呼唤道："田鼠

青蛙的橡胶靴

先生,田鼠先生,喂——喂——"

田鼠看上去非常非常疲惫,他的两只小眼睛一点神儿也没有。田鼠长长地叹了一口气,好像满脸还都留着愤怒,他走出来,猛地将一双小橡胶靴甩在了青蛙康康的面前。

"给!青蛙康康,拿走你的靴子!这苦差事真是比登天还难啊!我可是玩命花了好大功夫才弄到这双靴子的,别提有多提心吊胆了!欠你的恩情这就算是还清了,我这可是'双倍奉还'呢。"说完后,田鼠便气鼓鼓地走了。

看着田鼠如此大发雷霆,青蛙康康有些摸不着头脑。过了一会儿,他仔细想了想,好像也不难理解田鼠为什么会生那么大的气。首先,田鼠得去找仓鼠帮忙弄橡胶靴，仓鼠又要去找猫帮忙，猫又要去找狗帮忙，狗又要去找马帮忙，而马要在钉上马掌时，想方设法糊弄过人类，才能弄到一双橡胶靴。靴子到手后，马要将靴子交给狗，狗又要将靴子交给猫，猫又要交给仓鼠，最后由仓鼠将靴子交给田鼠。这样一来，免不了会有谁张嘴要一些小礼物当回报，真的会让人心里不舒服。还有，马弄来靴子的事，如果被人类发现的话，马一定会受到狠狠的惩罚吧。田鼠正是担心会发生这些事，才那么痛苦难受啊。

可是，当青蛙康康看到手中漂亮的橡胶靴时，这些烦心事，一下子就被他抛在脑后了。看着这靴子，康康心里就像是被蚂蚁挠了一样，痒酥酥的，开心得合不拢嘴。

拿到靴子后，康康马上改造了起来。一番敲敲打打以后，总算是将靴子改成了自己能穿的样式。康康傻傻地笑着，穿上靴子，在外面晃悠了一个晚上。直到拂晓时分，他才筋疲力尽地回到家中，沉沉睡去了。

* * *

"康康！康康！已经到了赏云的时间。喂！喂！康康！"

青蛙的橡胶靴

青蛙康康睁开双眼,只见青蛙敏敏和青蛙瓶瓶一个劲儿地摇晃着他的身体。原来啊,东边天空中,早已"耸立"着一朵淡金色的云峰了。

"嘿,你已经穿上橡胶靴啦?从哪儿翻出来的?"

"这可不是从家里翻出来的,这啊,可是历经重重困难,冒着生命危险,好不容易才弄到手的!就凭你们两个,是不可能找到的。要我穿上给你们看看吗?看,跟我的脚正合适。我啊,穿着这靴子走起路来,简直像个帅气的演员!像男神卡依,或是伊一那样!"

"嗯,真的好帅啊!我们也好想穿呢。不过既然你都这么说了,那就算了。"

"我也是没法子啊。"

云峰是银色的,这个时候,

正处在天空的最高处。但青蛙瓶瓶和青蛙敏敏却丝毫没有看云的意思，一直盯着康康脚上的橡胶靴看。

这时，从远处蹦蹦跳跳地来了一只美丽的青蛙姑娘，她害羞地从漆姑草的另一边探出头来。

"萝妮小姐，晚上好。请问有什么事吗？"

"我的父亲……让我出来寻找能做我……丈夫的青蛙先生。"青蛙姑娘稍微侧了侧脸。

"你看我怎么样？"青蛙瓶瓶说道。

"那你看看我怎么样？我觉得我还不错呢。"青蛙敏敏说道。

而青蛙康康呢，则是一言不发，只在一旁不停地踱着步子。

"选谁呢，我已经心里有数了。"

"谁啊？"两只青蛙不停地眨着眼，急切地望着姑娘。

青蛙的橡胶靴

这时青蛙康康仍在一旁踱着步子。

"我选他。"青蛙姑娘左手遮着脸蛋,右手指向了青蛙康康。

"喂!康康!萝妮小姐选了你呢。"

"嗯?选什么?"

青蛙康康满脸疑惑地望向这边。

"萝妮小姐要带你回家啦。"

青蛙康康急忙走向这边。

"晚上好,小姐!请问找我有什么事吗?噢,是这样啊,原来如此。嗯,好的,我知道了!那我们的婚礼什么时候举办呢?"

"就定在八月二日,你觉得怎么样?"

"好的!"青蛙康康答应道,随后他抬起头望向了天空。

有一朵云峰正飘在空中,刚刚变成了蓓蕾塔的形状。

"那我们就约定好了,我现在就回家,把这个好消息告诉大家啦。"

"好呀。"

"再见!"

"再见啦!"

青蛙瓶瓶和青蛙敏敏气鼓鼓地咕噜一声就转身回家去了。因为他们实在是太生气了,在林间小河中三下两下就游回了家,一边游着,嘴里还一边不服气地说着:"切!切!"再说青蛙康康呢,他的心里别提有多高兴了。他穿着靴子到处走啊走啊,走了好久,一直走到二十号的晚上,月亮出来了才回家休息。

* * *

青蛙萝妮呢,又为了准备婚礼奔波,又要和青蛙康康一起商量具体的细节,好不容易把事情都准备妥当了。在婚礼举办两天前的黎明,青蛙康康在睡梦中念叨道:"今天我无论如何都要跑到大家那里去,通知大家后天来参加我的婚礼。"不巧的是,那天早上竟下起了雨来。树林里一片轰鸣,青蛙康康家

青蛙的橡胶靴

门前的漆姑草，也因为蒙上了浑浊的雨水变得脏兮兮的。尽管这样，青蛙康康还是鼓足了勇气，出了家门。河水特别浑浊，看都看不清，而且眼瞅着就越来越深。好几株蓼子草和鸭跖草，全都被淹没了。这个时候跳下水去，还真是让人有些害怕。青蛙康康从一株蓼子草上一跃而下，咕咚一声跳到了水中，唰唰唰地游了起来。虽然康康不断被河水往下游冲，但他还是拼命游到了对岸。

上岸以后，康康噌噌噌地飞快跑过青苔路，横穿了好几条昆虫的专用通道，冒着大颗大颗的雨点往前跑。脚下的橡胶靴，在雨中发出了啪嗒啪嗒的声响。康康踏着雨，来到橡树下青蛙敏敏的家门口，高声喊：

"你好，请问有人在吗？"

"是谁呀？啊，是你呀！快进来吧！"

"哎呀，今天雨可真大啊！帕森大街上，今天连个虫影儿都没有。"

"是吗？那这雨可真是不得了呢。"

"那个，我想你也听说了，后天就是我的婚礼了，你可一定要来参加啊！"

"哦，对对！听说了，之前有只红色的小虫子提到过这事。我会去参加的。"

"谢谢！那到时候请你一定要到呀。再见啦！"

"再见啦。"青蛙康康踩着靴子，啪嗒啪嗒地穿过树林，来到了芒草丛中青蛙瓶瓶的家门前。

"你好！请问有人在吗？"

"是谁呀？啊，是你呀。快进来吧！"

"谢谢，今天雨可真大呢。帕森大街上，今天可冷清了，一个人都没有呢。"

"是吗？那这雨可真是不得了呢。"

"那个，我想你也听说了，后天就是我的婚礼了，你可一定要来参加啊！"

"哦,我好像在哪儿听过这件事呢。行吧,我会去参加的。"

"那届时请你一定要来,再见啦!"

"再见啦。"

于是,青蛙康康又踩着他那双靴子,啪嗒啪嗒穿过树林,游过河流。回到家以后,康康这才放下心来。

就在这个时候,青蛙敏敏来到了青蛙瓶瓶的家门前。

"你好!请问有人在吗?"

"来了,啊,是你呀。快进来吧。"

"康康刚刚也来你这儿了,对吧?"

"嗯,真是个让人讨厌的家伙啊。"

"就是,这个家伙。真想让

他好好吃点儿苦头啊！"

"我想了个好主意。后天早上呢，我们跟他说，雨也停了，咱们一起在婚礼前好好散散步吧。然后把他叫出来，我们就一起到那边收割过茅草的地上去，走在上面，咱俩的脚可能会有点痛。不过，咱俩一定要忍住，走不了多长时间，他那双鞋就会变得破破烂烂的咯。"

"啊，这主意不错啊！不过我还是咽不下这口气。不如等婚礼结束了，我们再把他叫到晒麦子的地方去。那儿有木桩留下的坑，趁他不注意的时候，把这小子推进去！不过，先得在那上面盖上些树叶，这事就交给我来做吧！一定会非常有趣的。"

"好呀！"

"那就再见啦！"

（亲爱的小读者们，大家差不多也该对青蛙们说的"再见"感到厌烦了吧？请大家不要着急，再等一小下就有好戏看了。）

* * *

第三天午后，雨过天晴，阳光洒向大地。

青蛙瓶瓶和青蛙敏敏一起来到了青蛙康康家的门前。

"哎呀，今天真是恭喜你了！也谢谢你的邀请，我们俩一起来参加婚礼了。"

"啊，谢谢你们！"

"这离婚礼开始还有一段时间吧，要不要一起散个步？散步可以使脸色变得红润呢。"

"好呀，我们走吧！"

"不如我们三个手拉手一起走吧。"青蛙敏敏和青蛙瓶瓶站在青蛙康康的两侧，双双牵起了他的手。

"雨后的空气还真是沁人心脾啊。"

"嗯，这空气清清爽爽的，让人心情真好啊。"三只青蛙说着说着，就来到了收割过茅草的地方。

"哎呀，那儿的风景真美啊！我们从这穿过去吧。"

"喂，还是别走这了，我们回去吧！"

"没事没事，好不容易来一次，我们再走走吧。来！"两只青蛙忍着脚痛，从两侧用力拉着康康向前走去。

"喂，还是算了吧，别走了！我走不了这儿！太危险了！我们还是回去吧！"

"那儿的景色还真是美啊！我们再走快一点儿吧！"两只青蛙低头看了看康康的靴子，发现还是没有破掉，于是异口同声道。

"喂，别走了，别走了！我不是在开玩笑！别走了！啊，好痛！哎呀，我的靴子破了个洞！"

"怎么样？这里的空气很新鲜吧？"

"喂，我们回去吧！你们别拉我了！"

"真是秀美的风景呀！"

"放开我！你们快放开我！听到没有！你们两个坏蛋！"

"咦？你的脚好像被什么东西给咬了一口呢。不用那么拼命挣扎啦，我们都牢牢抓着你呢。"

"放开我！放开我！放开我！坏蛋！"

青蛙的橡胶靴

"还在咬你吗?那真是太糟糕了!快跑吧!来,我们一起帮你!来,快点!"

"痛死了!快放开我!听到没有!你们两个大坏蛋!"

"快点,快点!好了,已经没事了!哎呀,发生了什么事儿?你的靴子怎么烂成这个样子了呀?"

橡胶靴早已变得破烂不堪,从康康的脚上一块又一块地往下掉,碎片落得到处都是,已然没有了靴子的形状。

青蛙康康满脸怨恨,气鼓鼓地噘着嘴。其实他是恨得想咬牙,只是因为没有牙齿,所以只能发出咕咕的声音。两只青蛙到这时才放开了他,不断"安慰"他说:

"喂,不要太伤心啦,有没有靴子没关系,未婚妻该来还是会来的。"

"已经这个时间了,我们快回去吧。回去等你的未婚妻来,好不好啊?"

青蛙康康闷闷不乐地迈开步子,踏上了回去的路。

* * *

三只青蛙回到了康康的家,没过一会儿,装饰着款冬叶子和蒲草穗的新娘队伍,便从大老远赶了过来。

送亲的队伍越走越近,新娘的父亲青蛙刚郎便转头问女儿萝妮:

"我说女儿啊,新郎是那三位中的哪一位呀?"

青蛙萝妮不断眨着小小的眼睛,辨认了起来。事实上,萝妮第一次看到青蛙康康时,眼里只有他脚上的那双漂亮的橡胶靴,康康长什么样,萝妮一点儿也记不得了。眼前这三只青蛙,光着双脚站成一排,萝妮还真不知道,到底谁才是他的新郎。于是,萝妮只好无奈地告诉父亲:"再靠近一点儿,我才能看得出来。"

"说的是。这要是弄错了可就麻烦大了。不要急,慢慢看。"

充当媒人的青蛙也在萝妮身后提醒她。

可是呢,越靠近,就越是难分辨。三只青蛙都是大嘴巴,有着黑黑的皮肤,就连鼓出来的眼睛,都长得差不多呢,这可真是难为了新娘。就在萝妮感到为难的时候,最右边的青蛙康康,啪地张开嘴,向前跨出一步,朝着送亲的队伍行了个礼。这下,萝妮才算放心,说道:

"就是这位青蛙先生。"

接下来,两只青蛙便举行了隆重的婚礼。婚礼场面的盛大,酒宴排场的壮观,真是三天三夜也讲不完。

总之,婚礼结束后,新娘娘家的人全都回去了。这一刻,恰好是云峰最耀眼夺目的时候。

"不如现在就去新婚旅行吧!"青蛙瓶瓶说。

"我们会送送你们的!"青蛙敏敏说。

青蛙康康没法子,只好带着青蛙萝妮踏上了新婚旅行的路。没走多久,他们就到了盖着树叶的木桩坑。

"哎呀,这里的路不好走。新郎官,我们牵着你走吧。"

青蛙敏敏和青蛙瓶瓶一边说着,一边从两侧抓住康康的手,康康赶忙想缩回手,但是已经晚了。两只青蛙避开木桩坑,硬是将康康拖到了陷阱上。康康刚踩上去,树叶便沙沙地响了起来,他摇摇晃晃的身子,就跟着开始往下陷。青蛙敏敏和青蛙瓶瓶见状,转身就想逃跑。可是呢,康康紧紧地抓着他们,他们也寸步难行。时间一点点流逝,他们一直撑着的双腿,逐渐开始发软打战。紧接着,只听见木桩坑里传来了"扑通!哐当!"的声音。

* * *

三只青蛙全都掉进了木桩坑底的泥泞里,他们抬头向上瞧,却只能看见一块圆圆的、小得不能再小的天空。透过这块小小的天空,三只青蛙勉强只能看见那耀眼的云峰的一角。然而,

青蛙的橡胶靴

不论青蛙们如何挣扎，都已经回不到地面上了。

在这危急关头，青蛙萝妮拿出了以前学过的绝招——六百米冲刺，一溜烟似的跑回了父亲家。可是，等萝妮到了家，却发现父亲刚郎他们早已醉得不省人事，一群青蛙正呼呼大睡呢，不管她怎么叫，就是叫不醒。于是，青蛙萝妮只好又跑回原来的地方，在那四周转来转去，转来转去，最后伤心地哭了起来。

就这样，夜幕慢慢降临。

啪嗒啪嗒啪嗒啪嗒。

青蛙萝妮又跑回了父亲家。

不管怎么叫，就是

叫不醒他。

　　天快要亮啦。

　　啪嗒啪嗒啪嗒啪嗒。
　　青蛙萝妮又跑回了父亲家。
　　不管怎么叫，还是叫不醒他。
　　夜晚来临了，云峰好美啊。

　　啪嗒啪嗒啪嗒啪嗒。
　　青蛙萝妮第三次跑回了父亲家。
　　不管怎么叫，就是叫不醒他。
　　天又要亮啦。

　　啪嗒啪嗒啪嗒啪嗒。
　　云峰云峰蓓蕾塔。

这个时候，萝妮的父亲刚郎终于醒了过来，他出了家门，想去女婿家看看萝妮过得怎么样。

可是，还没到女婿家，就看到女儿萝妮双手抱胸，满脸苍白，

青蛙的橡胶靴

疲惫不堪地坐在地上睡着了。

"发生什么事了,萝妮?"

"啊!爸爸!他们三个都掉到这深坑里面去了,不会已经死掉了吧!"

萝妮的父亲小心注意着脚下,把耳朵贴在了洞口,只听见洞中传来了一声微弱的啪嗒声。

"不好!"萝妮的父亲急忙回到家里,叫来一群老少青蛙,从树林里找来石松[1],顺着洞沿塞了进去,将三只青蛙一只一只拽了上来。

三只青蛙全都翻着白肚皮,眼睛睁也睁不开,嘴唇闭得紧紧的,差不多没了半条命。

大伙想了各种各样的办法,还找来了萝藦[2]种子的毛在他们的身上擦呀擦,总算是把三只青蛙

1. 石松,松科多年生蕨类植物,匍匐地面生长。——译者注
2. 萝藦,萝藦科蔓性多年生草本,种子有白色绢毛,多用来制作印泥。——译者注

救了过来。

　　故事的最后,青蛙康康和青蛙萝妮,终于幸福地生活在了一起。而另外两只青蛙呢,也洗心革面,成了热爱工作的好青蛙。

鸟房子老师和老鼠阿福

一户人家里，有一个鸟笼子。

说是鸟笼子，不如说是小鸟住的鸟房子，这样显得更贴切些。房子的天花板、地板、三面墙，都是由厚厚的木板做的，只有房子正面的大门，是用铁丝做的。不只是这样，房子的侧面呀，还有小小的玻璃窗呢。

有一天，一只白头翁宝宝，被塞进了鸟房子里。房子里又窄又暗，白头翁宝宝一点儿也不喜欢。她不停地挥动着小翅膀，发出啪嗒啪嗒的声响。

鸟房子一听，连忙制止她："不许闹！"

可是，白头翁宝宝根本不听，依然乱扑腾翅膀。折腾了好一会儿，白头翁宝宝累得一点儿力气也没有了，这下终于安静了下来。

结果,没过多久,小家伙又哭着喊起了妈妈的名字。

鸟房子见状,又赶忙制止她:"不许哭!"

就在这个时候,鸟房子突然冒出一个主意:嘿!我其实可以当个老师嘛!这样想着,他打量了一下自己,小小玻璃窗,就是自己亮丽的脸,而正面门上的小铁丝网,不就是帅气的马甲嘛。

鸟房子对自己越看越满意,他一分钟也按捺不住激动的心情了。于是,对白头翁宝宝说道:

"我可是老师哦!你要叫我鸟房子老师!从今天起,就由我来教你了!"

白头翁宝宝拿他没办法,只好称呼他为鸟房子老师。

可是,白头翁宝宝一点儿也不喜欢这个老师。虽说她每天都乖乖地待在老师的肚子里,但是呢,已经讨厌到连看都不想看他一眼了。所以呀,白头翁宝宝在老师的肚子里,从来都是闭着眼睛的。即便是紧闭着双眼,哪怕是稍微想到一点关于老师的事情,白头翁宝宝都会从心底感到嫌弃。

有一段时间,大家都忘了喂她。白头翁宝宝呀,连着七天没吃到一粒小米。小家伙饿了一天又一天,最后一天,实在挺不下去了。她吃力地张了张嘴,就离开了这个世界。

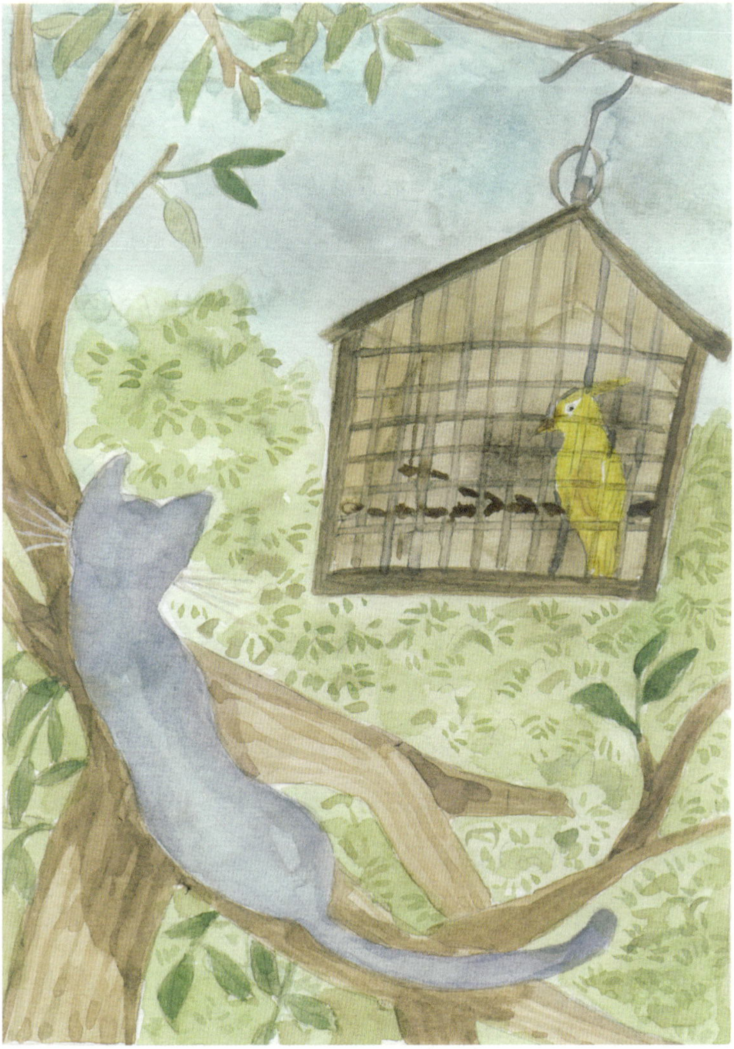

"唉，真让人难过。"鸟房子老师叹息着说。

在那之后，住进来的白头翁宝宝们，都跟上一只的经历大同小异。只是最后死掉的原因多多少少有些不一样。

一只是因为喝了变质的水，染上了痢疾，拉肚子死掉的。

还有一只呢，是因为太想念天空和森林了，最后因为抑郁而离开这个世界的。

第四只住进来的呢，是因为在某个夏天，老师把他那马甲——铁丝小门敞开着睡着了，结果，一不留神，白头翁宝宝被残暴的猫大王叼走了。

等鸟房子老师睁开眼时，才发现学生不在了。他大声喊：

"哎呀！不好！快把我的学生还回来！"

猫大王却一点儿也不领情，一脸坏笑着，就跑远了。

"唉，真让人难过。"鸟房子老师再一次叹息着说。

那之后，鸟房子老师就彻底不被大家信任了。没过多久，他就被主人放进了储藏室的柜子上。

"唉，这里空气一点儿也不流通，真是太闷了。"鸟房子老师看了看四周，叹息着说道。

柜子上堆满了坏掉的花盆，破旧的红水桶，还有一大堆不用的垃圾。鸟房子老师一回头，发现在自己的身后，有一个黑

鸟房子老师和老鼠阿福

黑的小洞。

"咦？这是个什么洞呀？搞不好是狮子的洞穴。不过，看这大小，至少也应该是龙住的洞穴吧。"老师一个人自言自语道。

到了晚上，从那洞穴中钻出了一只老鼠。老鼠跑到鸟房子老师旁边，狠狠咬了他一口。老师虽然被吓得不轻，但还是故作镇定地说：

"我说你啊，不知道灶神国国王有这么一句格言吗？——切勿随意咬人！"

老鼠一听，吓了一大跳，赶忙退后三步，恭恭敬敬地向鸟房子老师行了个礼，开口说：

"谢谢您告诉我！这句格言，我一定铭记于心。随便乱咬人，真的是件非常不好的事。就在去年，我因为咬铁锤大人，结果断了两颗门牙。今年春天，我又因为咬了人类的耳朵，害得自己差点儿被打死。您对我的教诲，实在让我感激不尽。我想拜托您一件事，我想让我的儿子阿福在您这里接受教育，您看可以吗？他虽然头脑不太灵光，但还是请您能每天多教导教导他，求求您了！"

"好吧。你先把他带过来让我见见吧。相信我，我一定会把他培养成为一只伟大的老鼠的！我啊，虽然现在待在这种鬼地方，但我以前可是住在玻璃做的大宫殿里的！我以前还培养过四只白头翁呢。每一个孩子，最初都是折腾来折腾去的，可不好管教了。多亏了我的感化，她们很快就都老老实实了，还都成长为圣鸟，最后度过了安乐的一生，享尽了荣华富贵！"

老鼠父亲听完后，开心得都说不出话来了。他朝着鸟房子老师不停地点头哈腰，随后便急匆匆地钻回洞里，把儿子阿福领了出来，带到了鸟房子老师的面前。

鸟房子老师一看，开口说：

"哎呀，这孩子看上去还挺机灵，小脑袋长得不错啊。我答应了！你放心，我一定会把他教育好的。"

鸟房子老师和老鼠阿福

* * *

有一天，鸟房子老师见阿福急匆匆地从身边跑过去，就急忙叫住了他。

"喂，阿福！停下！你为什么老是踮着脚尖，哧溜哧溜地乱窜呢？身为一个男子汉，你得做到迈开大腿，稳步前行才对！"

"可是老师……我的朋友们，没有一个不是哧溜哧溜乱窜的。我算是他们里面走得最男子汉的了。"

"你的朋友，都是些什么人？"

"跳蚤、蜘蛛和螨虫。"

"你怎么会和这群东西混在一起！你就不能交点更好的朋友吗？就不能和更优秀的动物建立伙伴关系，与他们既合作又竞争吗？"

"可是我最讨厌猫啊、狗啊、狮子和老虎了。"

"这样啊……那就没办法了。但我还是希望你能做得更好。"

"我知道了,老师。"说完,阿福就一溜烟地逃走了。

之后呢,又过了五六天,鸟房子又见阿福急匆匆地从身边跑过,急忙叫住了它。

"喂,阿福!停下!你为什么走的时候,老是喜欢东张西望呢?男子汉是要堂堂正正地直视前方,绝对不可以左顾右盼!"

"可是老师……我的朋友们,大家都喜欢东张西望。"

"你的朋友是指谁啊?"

"有蜘蛛、跳蚤,还有蜈蚣。"

"你竟然还在和这群没用的东西相比,我告诉你,这样做是很不好的!你要成为出色的老鼠,就必须舍弃这种想法!"

"可是我的朋友们,都是这样的。我在他们里面,算是好的了。"

说完,阿福又一溜烟地逃回洞里去了。

在那之后又过了五六天,阿福又像往常一样正要呼呼地穿过鸟房子老师身边时,被老师用铁丝网哐当拦了下来。

鸟房子老师和老鼠阿福

"喂，呼呼！停一下！你这孩子每次都在我想说教时匆匆逃走，今天我可不会让你再跑了。你啊，就乖乖给我坐在这儿！我问你，你为什么老是缩着脖子，挺着肚子呢？"

"可是老师……我的朋友们大家都比我脖子缩得短，都比我肚子挺得圆。"

"可是你的那些朋友，像螨虫啊，不都是直直挺着腰板走路的吗？"

"也不全是。螨虫是这样走路，但我其他的朋友不是这样走的。"

"你还有哪些朋友啊？"

"芥子粒、稗子粒，还有车前草的种子。"

"你为什么每次都只和这些没用的东西比较啊！唉，孺子不可教也。喂！我话还没说完呢！"

阿福越听越烦，干脆一溜烟直接逃回了洞里。

这一次呀，鸟房子老师真的生气了。他气得直发抖，愤怒地大吼：

"阿福妈！阿福妈！快出来！你家孩子，已经被开除了！我要把他还给你，你快给我出来！"

老鼠阿福的妈妈，拎着阿福的脖领子，把他拽到了鸟房子老师的面前。

阿福哆哆嗦嗦地发着抖，鸟房子老师气得把铁丝门弄得吧嗒吧嗒直响。他大喝道：

"我教过四只白头翁，但到今天为止，从来也没受过这样的侮辱！这个学生，真的是我教过最差、最没用的了！"

就在这时，一股黄色旋风刮了起来。仔细一看，原来是猫大王。他抓起阿福，狠狠地摔在了地上。大王脸上的胡子，还威风地一颤一颤的。

猫大王哈哈大笑着说：

"哇哈哈！老师无能，学生无志。老师是一本正经地胡说八道，学生是志气比芥子粒还小！这样子下去，国家的前景，还真是让人担忧啊！"